Andersen's Fairy Tales

安徒生童话一本读

[丹]安徒生 著　叶君健 译

江苏凤凰文艺出版社
JIANGSU PHOENIX LITERATURE AND ART PUBLISHING

目录

一本读

拇指姑娘

从前有一个女人，她非常希望有一个丁点小的孩子。但是她不知道从什么地方可以得到。于是她就去请教一位巫婆。她对巫婆说：

“我非常想要一个小小的孩子！你能告诉我什么地方可以得到一个吗？”

"嗨！这容易得很！"巫婆说，"你把这颗大麦粒拿去吧。它可不是乡下人的田里长的那种大麦粒，也不是鸡吃的那种大麦粒啦。你把它埋在一个花盆里。不久你就可以看到你想要的东西了。"

"谢谢你。"女人说。她给了巫婆三个银币。于是她就回到家来，种下那颗大麦粒。很快，一朵美丽的大红花就长出来了。它看起来很像一朵郁金香，不过它的叶子紧紧地包在一起，好像仍旧是一个花苞似的。

"这是一朵很美的花。"女人说，同时她在它美丽的、黄而带红的花瓣上吻了一下。不过，当她正在吻的时候，花儿忽然"噼啪"一声，开放了。人们现在可以看得出，这是一朵真正的郁金香。但是在这朵花的正中央，在那根绿色的雌蕊上面，坐着一位娇小的姑娘，她看起来白嫩又可爱，还没有大拇指的一半长，因此人们就把她叫作"拇指姑娘"。

拇指姑娘的摇篮是一个光得发亮的漂亮胡桃壳，她的垫子是紫罗兰的花瓣，她的被子是玫瑰的花瓣。这就是她晚上睡觉的地方。但是白天她在桌子上玩耍——在这桌子上，那个女人放了一个盘子，上面又放了一圈花儿，花的茎浸在水里。水上浮着一片很大的郁金香花瓣。拇指姑娘可以坐在这花瓣上，用两根白马尾做桨，从盘子这一边划到那一边。这样儿真是美丽极啦！她还能唱歌，而且唱得那么温柔、甜蜜，从前没有任何人听到过。

一天晚上，当她正在她漂亮的床上睡觉的时候，一个难看的癞蛤蟆从窗子外面跳了进来，因为窗子上有一块玻璃已经破了。这癞蛤蟆又丑又大，而且黏糊糊的。她一直跳到桌子上。拇指姑娘正睡在桌子上鲜红的玫瑰花瓣下面。

“这姑娘倒可以做我儿子的漂亮妻子哩。”癞蛤蟆说。于是她一把抓住拇指姑娘正睡着的那个胡桃壳，背着它跳出了窗子，一直跳到花园里去。

花园里有一条很宽的小溪在流着。但是它的两岸又低又潮湿。癞蛤蟆和她的儿子就住在这儿。哎呀！他跟他的妈妈简直是一个模子铸出来的，也长得奇丑无比。“咯咯！咯咯！呱！呱！呱！”当他看到胡桃壳里的这位美丽小姑娘时，他只能讲出这样的话来。

“讲话不要那么大声，要不你就把她吵醒了，”老癞蛤蟆说，“她还可以从我们这儿逃走，因为她轻得像一片天鹅的羽毛！我们得把她放在溪里睡莲的一片宽叶子上面。她是这么娇小和轻巧，那片叶子对她说来可以算作一个岛了。她在那上面是没有办法逃走的。在这期间我们就可以把泥巴底下的那间好房子修理好——你们俩以后就可以在那儿住下来过日子。”

溪里长着许多叶子宽大的绿色睡莲。它们好像是浮在水面上似的。浮在最远处的那片叶子也是最大的一片叶子。老癞蛤蟆向它游过去，把胡桃壳和睡在里面的拇指姑娘放在它上面。

这个可怜的、丁点小的姑娘大清早就醒来了。当她看见自己现在在什么地方的时候，就不禁伤心地哭起来，因为这片宽大的绿叶子周围全都是水，她根本没有办法回到陆地上去。

老癞蛤蟆坐在泥里，用灯芯草和黄睡莲把房间装饰了一番——有新媳妇住在里面，当然应该收拾漂亮一点才对。随后她就和她的丑儿子向那片托着拇指姑娘的叶子游去。他们要先把她的那张美丽的床搬走，安放在洞房里面。这个老癞蛤蟆在水里向拇指姑娘深深地鞠了一个躬，同时说：

“这是我的儿子，他就是你未来的丈夫。你们俩在泥巴里将会生活得很幸福的。”

“咯！咯！咯！咯！咯！”这位少爷所能讲出的话，就只有这一点。

他们搬着这漂亮的小床，在水里游走了。拇指姑娘独自坐在绿叶上，不禁大哭起来，因为她不喜欢跟一个讨厌的癞蛤蟆住在一起，也不喜欢有一个那么丑的少爷做自己的丈夫。在水里游着的一些小鱼曾经看到过癞蛤蟆，同时也听到过她所说的话。因此他们都伸出头来，想瞧瞧这个小小的姑娘。他们一眼看到她，就觉得她非常美丽，因而感到非常不满意，觉得这样一个人儿却要下嫁给一个丑癞蛤蟆，那可不成！这样的事情决不能让它发生！他们在水里集合到托着那片绿叶的梗子的周围——小姑娘就住在那上面。他们用牙齿把叶梗子咬断了，使得这片叶子顺着水漂走了，带着拇指姑娘漂走了，漂得非常远，漂到癞蛤蟆完全没有办法到达的地方。

拇指姑娘漂过了许许多多的地方。住在灌木林里的小鸟儿看到她，都唱道：“多么美丽的一位小姑娘啊！”

叶子托着她漂流，越漂越远；最后拇指姑娘就漂流到外国去了。

一只很可爱的白蝴蝶不停地环绕着她飞，最后就落到叶子上来，因为他是那么喜欢拇指姑娘；而她呢，她也非常高兴，因为癞蛤蟆现在再也找不着她了。她现在所漂流过的这个地带是那么美丽——太阳照在水面上，像撒满了明亮的金子。她解下腰带，把一端系在蝴蝶身上，另一端紧紧地系在叶子上。叶子带着拇指姑娘一起很快地在水上漂走了，因为她就站在叶子的上面。

这时有一只很大的金龟子飞来了。金龟子看到她，便立刻用他的爪子抓住她纤细的腰，带着她一起飞到树上去了。但是那片绿叶继续顺着溪流游去，那只蝴蝶也跟着在一起游，因为他被系在叶子上，没有办法飞开。

天哪！当金龟子带着她飞到树上去的时候，可怜的拇指姑娘该是多么害怕啊！不过她更为那只美丽的白蝴蝶难过。她已经把他紧紧地系在那片叶子上，如果他没有办法摆脱的话，一定会饿死的。但是金龟子一点也不理会这事情，他和她一块儿坐在树上最大的一张绿叶子上面，把花里的蜜糖拿出来给她吃，同时说她是多么漂亮，虽然她一点也不像金龟子。没多久，住在树里的那些金龟子全都来拜访了。他们打量着拇指姑娘。金龟子小姐们耸了耸她们的触角，说：

"嗨，她不过只有两条腿罢了！这是怪难看的。"

"她连触角都没有！"她们说。

"她的腰太细了——呸！她完全像一个人——她是多么丑啊！"所有的女金龟子齐声说。

然而拇指姑娘的确是非常美丽的，甚至劫持她的那只金龟子也不免要这样想。不过当大家都说她很难看的时候，他最后也只好相信这话了，他也不愿意要她了！她现在可以随便到什么地方去。他们带着她从树上一起飞下来，把她放在一朵雏菊上面。她在那上面哭得怪伤心的，因为她长得那么丑，连金龟子也不要她了。可是她仍然是人们所想象不到的一个最美丽的人儿，那么娇嫩，那么明朗，像一片最纯洁的玫瑰花瓣。

整个夏天，可怜的拇指姑娘孤独地住在这个巨大的树林里。她用草叶为自己编了一个小床。她把它挂在一片大牛蒡叶底下，使得雨不致淋到她身上。她从花里取出蜜来作为食物，她的饮料是每天早晨凝结在叶子上的露珠。夏天和秋天就这么过去了。现在，冬天——那又冷又长的冬天——来了。那些为她唱着甜蜜的歌的鸟儿现在都飞走了。树和花都凋零了。那片大的牛蒡叶——她一直是在它下面住着的——也卷起来了，只剩下一根枯黄的梗子。她又怕又冷，因为她的衣服都破了，而她的身体又是那么瘦削和纤细——可怜的拇指姑娘啊！她一定会冻死的。开始下雪了，每朵雪花落到她身上，就好像一个人把满铲子的雪块打到我们身上一样，因为我们高大，而她不过只有一寸来长。她只好把自己裹在一片干枯的叶子里，可是这并不温暖——她冻得发抖。

在这个树林附近，有一块很大的麦田，不过田里的麦子早已经收割了。冻结的地上只留下一些光赤的残梗。对她来说，在它们中间走过去，简直等于穿过一片广大的森林。啊！她冻得都发抖了！最后她来到一个田鼠的门口。这就是一棵麦根下面的一个小洞。田鼠住在里面，又温暖，又舒服。她藏有一整房间的麦子，她还有一间漂亮的厨房和一个饭厅。可怜的拇指姑娘站在门里，像一个讨饭的穷苦女孩。她请求田鼠施舍一颗大麦粒给她，因为她已经两天没有吃过一丁点儿东西了。

“你这个可怜的小人儿，”田鼠说，因为她本来是一个好心肠的老田鼠，“到我温暖的房子里来，和我一起吃点东西吧。”

因为她现在很喜欢拇指姑娘，所以她说：“你可以跟我住在一块，度过这个冬天，不过你得把我的房间弄得干净整齐，同时讲些故事给我听，因为我这个人就是喜欢听故事。”

这个和善的老田鼠所要求的事情，拇指姑娘都一一答应了。她在那儿住得非常快乐。

“不久我们就要有一个客人来，”田鼠说，“我的这位邻人经常每个星期来看我一次，他住得比我舒服得多，他有宽大的房间，他穿着非常美丽的黑天鹅绒袍子。只要你能够让他做你的丈夫，那么你一辈子就享用不尽了。不过他的眼睛看不见东西。你得讲一些你所知道的、最美的故事给他听。”

拇指姑娘对于这事没有什么兴趣。她不愿意跟这位邻人结婚，因为他是一个鼹鼠。他穿着他的黑天鹅绒袍子来拜访了。田鼠说，他是怎样有钱和有学问，他的家也要比田鼠的大二十倍；他有很高深的知识，不过他不喜欢太阳和美丽的花儿，而且他还喜欢说这些东西的坏话，因为他自己从来没有看见过它们。

拇指姑娘得为他唱一曲歌。她唱了《金龟子呀，飞走吧！》，又唱了《牧师走上草原》。她的声音是那么美丽动听，鼹鼠忍不住爱上了她。不过他没有表示出来，因为他是一个很谨慎的人。

最近鼹鼠从自己房子里挖了一条长长的地道，通到她们的这座房子里来。他请田鼠和拇指姑娘到这条地道里来散步，而且只要她们愿意，她们随时都可以来。不过，他忠告她们，不要害怕一只躺在地道里的死鸟。他是一只完整的鸟儿，有翅膀，也有嘴。无疑地，他是不久以前、在冬天开始的时候死去的。他被埋葬的这块地方，恰恰被鼹鼠打穿了，成为地道。

鼹鼠嘴里衔着一根引火木——它在黑暗中可以发出闪光。他走在前面，为她们在这条又长又黑的地道照明。当她们来到那只死鸟躺着的地方时，鼹鼠就用他的大鼻子顶着天花板，朝上面拱着土，拱出一个大洞来。阳光就通过这洞口射进来。在地上的正中央躺着一只死了的燕子，他美丽的翅膀紧紧地贴着身体，小腿和头缩到羽毛里面——这只可怜的鸟儿无疑是冻死的。拇指姑娘感到非常难过，因为她非常喜爱一切鸟儿。的确，他们整个夏天对她唱着美妙的歌，对她喃喃地讲着话。不过鼹鼠用他的短腿一推，说："他现在再也不能唱什么了！生来就是一只小鸟——这该是一件多么可怜的事儿！谢天谢地，我的孩子们将不会是这样。像这样的一只鸟儿，什么事也不能做，只会叽叽喳喳地叫，到了冬天就得饿死了！"

"是的，你是一个聪明人，说得有道理，"田鼠说，"冬天一到，这些'叽叽喳喳'的歌声对于一只雀子有什么用呢？他只有挨饿和受冻这一条路。不过我想这就是大家所谓的了不起的事情吧！"

拇指姑娘一句话也不说。当他们两个人把背掉向这燕子的时候，她就弯下腰来，把盖在燕子头上的那一簇羽毛温柔地向旁边拂了几下，同时在他闭着的双眼上轻轻地吻了一下。

在夏天对我唱出那么美丽的歌的人也许就是他了，她想。他不知给了我多少的快乐——他，这只亲爱的、美丽的鸟儿！

鼹鼠现在又把那个透进阳光的洞口封闭住了，然后他就陪伴着这两位小姐回家。但是这天晚上拇指姑娘怎么也睡不着。她爬起来，用草编成一张宽大的、美丽的毯子。她拿着它到那只死了的燕子的身边，把他的全身盖好。她同时还把在田鼠的房间里所寻到的一些软棉花裹在燕子身边，好使他在这寒冷的地上能够睡得温暖。

“再会吧，你这美丽的小鸟儿！”她说，“再会吧！在夏天，当一切的树儿都变绿的时候，当太阳光温暖地照着我们的时候，你唱出美丽的歌声——我要为这感谢你！”于是她把她的头贴在这鸟儿的胸膛上。她马上惊恐起来，因为他身体里面好像有个什么东西在跳动，这就是鸟儿的一颗心。这鸟儿并没有死，他只不过是躺在那儿冻得失去知觉罢了。现在他得到了温暖，所以他又活了！

秋天，所有的燕子都向温暖的国度飞去。不过，假如有一只掉了队，他就会遇到寒冷，于是他就会冻得落下来，像死了一样；他只能躺在他落下的那块地上，让冰冻的雪花把他全身盖满。

拇指姑娘真是抖得厉害，因为她是那么惊恐；这鸟儿，跟只有寸把高的她比起来，真是太庞大了。可是她鼓起勇气来，把棉花紧紧地裹在这只可怜的鸟儿身边；同时她把自己日常当作被子的那张薄荷叶拿来，覆在这鸟儿的头上。

第二天夜里，她又偷偷地去看他。他现在已经活了，不过还是有点头晕。他只能把眼睛微微地睁开一会儿，望了拇指姑娘一下。拇指姑娘手里拿着一块引火木站着，因为她没有别的灯。

“我感谢你——你，可爱的小宝宝！”这只身体不太好的燕子对她说，“我现在感到又舒服又温暖！不久我就可以恢复体力，又可以在暖和的阳光中飞了。”

“啊，”她说，“外面是多么冷啊。雪花在飞，遍地都在结冰。还是请你睡在你温暖的床上吧。我可以来照料你呀。”

她用花瓣盛着水送给燕子。燕子喝了水以后，就告诉她，他有一个翅膀曾经在一个多刺的灌木林上擦伤了，因此不能跟别的燕子们飞得一样快；那时他们正在远行，飞到那遥远的、温暖的国度里去。最后他落到地上了，可是其余的事情他现在记不起来了。他完全不知道自己是怎么来到这块地方的。

燕子在这儿住了整整一个冬天。拇指姑娘待他很好，非常喜欢他。鼹鼠和田鼠一点儿也不知道这事，因为他们不喜欢这只可怜的、孤独的燕子。

当春天到来、太阳把大地照得很温暖的时候，燕子就向拇指姑娘告别了。她把鼹鼠在顶上挖的那个洞打开。阳光非常温暖地照着他们。于是燕子就问拇指姑娘愿不愿意跟他一起离开：她可以骑在他的背上，这样他们就可以远远地飞走，飞向绿色的树林里去。不过拇指姑娘知道，如果她这样离开的话，田鼠会感到痛苦的。

“不成，我不能离开！”拇指姑娘说。

“那么再会吧，再会吧，你这善良的、可爱的姑娘！”燕子说。于是他就向太阳飞去。拇指姑娘在后面望着他，她的两眼里闪着泪珠，因为她是那么喜爱这只可怜的燕子。

“嘀哩！嘀哩！”燕子唱着歌，向一片绿色的森林飞去。

拇指姑娘感到非常难过。她得不到走向温暖阳光中去的许可。在田鼠屋顶上的田野里，麦子已经长得很高了。对于这个可怜的小女孩子来说，这麦子简直是一片茂密的森林，因为她不过只有一寸来高呀。

“在这个夏天，你得把你的新嫁衣缝好！”田鼠对她说，因为她的那个讨厌的邻人——那个穿着黑天鹅绒袍子的鼹鼠——已经向她求婚了。“你得准备好毛衣和棉衣。当你做了鼹鼠太太以后，你应该有坐着穿的衣服和睡着穿的衣服呀。”

拇指姑娘现在得摇起纺车来。鼹鼠聘请了四位蜘蛛，日夜为她纺纱和织布。每天晚上鼹鼠来拜访她一次。鼹鼠老是咕噜着说：等到夏天快要完的时候，太阳就不会这么热了，现在它却把地面烤得像石头一样硬。是的，等夏天过去以后，他就要跟拇指姑娘结婚了。不过拇指姑娘一点也不感到高兴，因为她的确不喜欢这位讨厌的鼹鼠。每天早晨，当太阳升起的时候，每天黄昏，当太阳落下的时候，她就偷偷地走到门口去。当风儿把麦穗吹向两边，使得她能够看到蔚蓝色天空的时候，她就想象外面是非常光明、美丽的，于是她也就渴望再见到她的亲爱的燕子。可是这燕子不再回来了。因为他已经飞向很远很远的、美丽的、青翠的树林里去了。

现在是秋天了，拇指姑娘的全部嫁衣也准备好了。

“四个星期以后，你的婚礼就要举行了。”田鼠对她说。但是拇指姑娘却哭了起来，说她不愿意和这个讨厌的鼹鼠结婚。

“胡说！”田鼠说，“你不要固执，不然的话，我就要用我的白牙齿来咬你！他是一个很可爱的人，你得和他结婚！就是皇后也没有他那样好的黑天鹅绒袍子哩！他的厨房和储藏室都藏满了东西。你得到这样一个丈夫，真是幸运！”

现在婚礼要举行了。鼹鼠已经来了，他亲自来迎接拇指姑娘。她得跟他生活在一起，住在深深的地底下，再也不能生活在温暖的太阳光中，因为他不喜欢太阳。这个可怜的小姑娘现在感到非常难过，因为她不得不向那光耀的太阳告别——这太阳，当她跟田鼠住在一起的时候，她还能在门口望一眼。

“再会吧，您，光明的太阳！”她说着，同时向空中伸出双手，并且向田鼠的屋子外面走了几步——因为现在大麦已经收获了，这儿只剩下干枯的梗子。“再会吧，再会吧！”她又重复说，同时用双臂抱住一朵还在开着的小红花。“假如你看到了那只小燕子的话，我请求你代我向他问候一声。”

“嘀哩！嘀哩！”这时候，一个声音忽然在她的头上响起来。她抬头一看，正是那只小燕子刚刚飞过。他看到拇指姑娘显得非常高兴。她告诉燕子说，她多么不愿意要那个丑恶的鼹鼠做她的丈夫啊；她还说，她得住在深深的地底下，太阳将永远照不进来。一想到这点，她就忍不住哭起来了。

“寒冷的冬天现在要到来了，”小燕子说，“我要飞得很远，飞到温暖的国度去。你愿意跟我一块儿去吗？你可以骑在我的背上！你用腰带紧紧地把你自己系牢。这样我们就可以离开这丑恶的鼹鼠，从他黑暗的房子飞走——远远地，远远地飞过高山，飞到温暖的国度去：那儿的太阳光比这儿的更美丽，那儿永远只有夏天，那儿永远开着美丽的花朵。跟我一起飞吧，你，甜蜜的小拇指姑娘。当我在那个阴惨的地洞里冻得僵直的时候，是你救了我的生命！”

“好的！我和你一块儿去！”拇指姑娘说。她坐在这鸟儿的背上，把脚搁在他展开的双翼上，同时用腰带把自己紧紧地系在他最结实的一根羽毛上。这么着，燕子就飞向空中，飞过森林，飞过大海，高高地飞过常年积雪的大山。在这寒冷的高空中，拇指姑娘冻得抖了起来，这时她就钻进这鸟儿温暖的羽毛里去。她只是把她的小脑袋伸出来，欣赏下面那些美丽的风景。

最后他们来到了温暖的国度。那儿的太阳比在我们这里照得亮多了，天似乎也是加倍地高。田沟里，篱笆上，都生满了最美丽的绿葡萄和紫葡萄。树林里处处悬着柠檬和橙子。空气里飘着桃金娘和麝香的香气，许多非常可爱的小孩子在路上跑来跑去，跟一些颜色鲜艳的大蝴蝶儿一块儿嬉戏。燕子越飞越远，而风景也越来越美丽。在一个碧蓝色的湖旁有一丛最可爱的绿树，树丛里面有一幢白得发亮的、大理石砌成的古代宫殿。葡萄藤丛生，围着许多高大的圆柱。它们的顶上有许多燕子巢。其中有一个巢就是现在带着拇指姑娘飞行的这只燕子的住所。

“这儿就是我的房子，”燕子说，“下面长着许多美丽的花，你选择一朵，我可以把你放在它上面。这样你就可以住得舒服了。”

“那好极了。”拇指姑娘说，同时拍着她的一双小手。

那儿有一根巨大的大理石柱。它已经倒在地上，并且跌成了三段。不过在它们中间，生出一朵最美丽的白色鲜花。燕子带着拇指姑娘飞下来，把她放在一片宽阔的花瓣上面。这个小姑娘感到多么惊奇啊！在那朵花的中央坐着一个小小的男子！——他是那么白皙和透明，好像是玻璃做成的。他头上戴着一顶最华丽的金制王冠，他肩上生着一双发亮的翅膀，而他并不比拇指姑娘高大。他就是花中的安琪儿。每一朵花里都住着这么一个小小的男子或妇人。不过这一位却是他们大家的王子。

“我的天啊！他是多么美啊！”拇指姑娘对燕子低声说。

这位小小的王子非常害怕这只燕子，因为他是那么细小和柔嫩，对他说来，燕子简直是一只庞大的鸟儿。不过当他看到拇指姑娘的时候，他马上就变得高兴起来：她是他一生中所看到的最美丽的一位姑娘。他从头上取下他的金王冠，戴到拇指姑娘的头上。他问了她的姓名，问她愿不愿意做他的夫人——这样她就可以做一切花儿的王后了。这王子才真配称为她的丈夫呢，跟癞蛤蟆的儿子和那只穿黑天鹅绒袍子的鼹鼠相比，他才是完全不同！因此她就对这位让她喜欢的王子说："我愿意。"这时，从每一朵花里都走出一位小姐或一位男子来。他们是那么可爱，就是看他们一眼也是幸福的。他们每人送了拇指姑娘一件礼物，其中最好的礼物是从一只大白蝇身上取下的一双翅膀。他们把这双翅膀安到拇指姑娘的背上，这样，她现在就可以在花朵间飞来飞去了。这时大家都欢乐起来。燕子坐在自己的巢里，为他们唱出他最拿手的歌曲。然而他的心里感到有些悲哀，因为他是那么喜欢拇指姑娘，他真希望永远不要和她分离。

"你现在不应该再叫拇指姑娘了！"花的安琪儿对她说，"这是一个很丑的名字，而你是那么美丽！从今以后，我们要叫你玛娅。"

"再会吧！再会吧！"那只小燕子说。他又从这温暖的国度飞走了，飞回到很远很远的丹麦去。在丹麦，他在一个会写童话的人的窗子上筑了一个小巢。他对这个人唱："嘀哩！嘀哩！"我们这个的故事就是从他那儿听来的。

卖火柴的小女孩

天气冷得可怕，正在下雪。黑暗的夜幕开始垂下来了。这是一年中的最后一夜——新年的前夕。在这样的寒冷和黑暗中，有一个赤脚的小女孩正在街上走着。她离开家的时候还穿着一双拖鞋，那是一双非常大的拖鞋——那么大，最近她妈妈一直在穿着它。当她匆忙地越过街道的时候，两辆马车飞奔着

闯过来，吓得这小姑娘把鞋跑掉了。有一只她怎么也寻不到，另一只又被一个男孩子捡起来，拿着逃走了。他还说，等他自己将来有孩子的时候，他可以把它当作一个摇篮来使用。

现在这小姑娘只好赤着一双小脚走。小脚已经冻得发红发青了。她有许多火柴包在一个旧围裙里，她手中还拿着一扎。这一整天谁也没有向她买过一根，谁也没有给她一个铜板。

可怜的小姑娘！她又饿又冻地向前走，简直是一幅愁苦的画面。雪花落到她金黄的长头发上——它卷曲地披散在她的肩上，看起来非常美丽。不过她并没有意识到自己的漂亮。所有的窗子都射出光来，街上飘着一股烤鹅肉的香味。的确，这是除夕。她在想这件事情。

她在两座房子——有一座向着街心比另一座更伸出一点——所形成的一个墙角里坐下来，缩作一团。她把她的一双小脚也缩进来，不过这样她感到更冷。她不敢回家去，因为她没有卖掉一根火柴，没有赚到一个铜板，她的父亲一定会打她，而且家里也是很冷的。他们头上只有一个屋顶，风可以从那上面灌进来，虽然最大的裂口已经用草和破布堵住了。

她的一双小手几乎冻僵了。唉！哪怕一根小火柴对她也是有好处的。只要她抽出一根火柴，在墙上擦燃，就可以暖手！最后她抽出了一根来。哧！它燃起来了，冒出火光来了！当她把手覆在它上面的时候，它便变成了一束温暖、光明的火焰，像一根小小的蜡烛。这是一道美丽的小光！小姑娘觉得真像坐在一个铁火炉旁边一样：它有光亮的黄铜圆捏手和黄铜炉身。火烧得那么欢，那么暖，那么美！唉，这是怎么一回事儿？当小姑娘刚刚伸出她的一双脚、打算把它们暖一下的时候，火焰就忽然熄灭了！火炉也不见了。她坐在那儿，手中只有烧过了的火柴。

她又擦了一根。它燃起来了，发出光来了。墙上有亮光照着的那块地方，现在变得透明，像一片薄纱；她可以看到房间里的东西：桌上铺着雪白的台布，上面有精致的碗盘，盘中盛满了梅子、苹果和冒着香气的烤鹅。更美妙的是：鹅从盘子里跳出来了，它背上插着刀叉，蹒跚地在地上走着，一直向这个穷苦的小姑娘面前走来。这时火柴就熄灭了；她面前只有一堵又厚又冷的墙。

她点了另一根火柴。现在她是坐在美丽的圣诞树下面。它比上次圣诞节时她透过玻璃门所看到的一个富商家里的那株还要大，还要美。它的绿枝上燃着几千支蜡烛，彩色的图画，跟橱窗里挂着的那些一样美丽，在向她眨眼。这个小姑娘把她的两只手伸过去，于是火柴就熄灭了。圣诞树的烛光越升越高，她看到它们变成了明亮的星星。这些星星有一颗落下来了，在天上划出一条长长的火丝。

"现在又有一个什么人死去了。"小姑娘说，因为她的老祖母——是唯一对她好的人，但是现在已经死了——曾经说过：天上落下一颗星，地上就有一个灵魂升到天上去。

她在墙上又擦了一根火柴，它把四周都照亮了。在这亮光中，老祖母出现了。她显得那么光明，那么温柔，那么和蔼。

"祖母！"小姑娘叫起来，"啊！请把我带走吧！我知道，这火柴一灭掉，你就会不见了，你就会像那个温暖的火炉、那只美丽的烤鹅、那棵幸福的圣诞树一样不见了！”

于是她急忙把剩下的火柴都擦亮了，因为她非常想把祖母留住。这些火柴发出强烈的光芒，照得比大白天还要明亮。祖母从来没有像现在这样显得美丽和高大。她把小姑娘抱起来，搂到怀里。她们两人在光明和快乐中飞走了，越飞越高，飞到既没有寒冷，又没有饥饿，也没有忧愁的地方。

就在一个寒冷的清晨，这个小姑娘坐在一个墙角里，她的双颊通红，脸上露出微笑，她已经死了——在旧年的除夕冻死了。新年的太阳升起来了，照着她小小的尸体！她坐在那儿，手中还捏着火柴——其中有一束差不多都烧光了。

“她想把自己暖一下。”人们说。谁也不知道，她曾经看到过多么美丽的东西，她曾经是多么快乐地跟祖母一起，走到新年的幸福中去。

海的女儿

在海的远处，水是那么蓝，像最美丽的矢车菊花瓣，同时又是那么清，像最明亮的玻璃。然而它很深很深，深得任何锚链都达不到底。要想从海底一直达到水面，必须有许多许多尖塔一个接着一个地连起来才成。海底的人就住在这下面。

不过，人们千万不要以为那儿只是一片铺满了白沙的海

底。不是的，那儿生长着最奇异的树木和其他植物。它们的枝干和叶子是那么柔软，只要水轻微地流动一下，它们就摇动起来，好像它们是活着的东西。所有的大小鱼儿在这些枝子中间游来游去，像是天空的飞鸟。海里最深的地方是海王的宫殿。它的墙是用珊瑚砌成的，那些尖顶的高窗子是用最亮的琥珀做成的，不过屋顶上却铺着黑色的蚌壳，它们随着水的流动可以自动地开合。每一颗蚌壳里面都含有亮晶晶的珍珠。随便哪一颗珍珠都可以成为皇后帽子上主要的装饰品。

住在那底下的海王已经做了好多年的鳏夫，但是他有老母亲为他管理家务。她是一个聪明的女人，却对于自己高贵的出身总是感到不可一世，因此她的尾巴上老戴着一打的牡蛎——其余的显贵只能每人戴上半打。除此以外，她是值得大加称赞的，特别是因为她非常爱那些小小的海公主——她的一些孙女。她们是六个美丽的孩子，而她们之中，那个顶小的要算是最美丽的了。她的皮肤又光又嫩，像玫瑰的花瓣；她的眼睛是蔚蓝色的，像最深的湖水。不过，跟其他的公主一样，她没有腿，她身体的下部是一条鱼尾。

她们可以把整个漫长的日子花费在王宫里，在墙上生有鲜花的大厅里。那些琥珀镶的大窗子是开着的，鱼儿向着她们游来，正如我们打开窗子的时候，燕子会飞进来一样。不过鱼儿一直游向这些小小的公主，在她们的手里找东西吃，让她们来抚摸自己。

宫殿外面有一个很大的花园，里边生长着许多火红和深蓝色的树木；树上的果子亮得像黄金，花朵开得像焚烧着的火，花枝和叶子在不停地摇动。地上全是最细的沙子，但是蓝得像硫黄发出的光焰。在那儿，处处都闪着一种奇异的、蓝色的光彩，很容易让你以为你是在高高的空中而不是在海底，你的头上和脚下全是一片蓝天。当海是非常沉静的时候，你可以瞥见太阳：它像一朵紫色的花，从它的花萼里射出各种色彩的光。

在花园里，每一位小公主都有自己的一小块地方，可以在那里随意栽种。她们有的把自己的花坛布置得像一条鲸鱼；有的觉得最好把自己的花坛布置得像一个小人鱼。可是最年幼的那位却把自己的花坛布置得圆圆的，像一轮太阳，同时她也只种像太阳一样红的花朵。她是一个古怪的孩子，不大爱讲话，总是静静地在想什么东西。当别的姊妹们用她们从沉船里所获得的最奇异的东西来装饰她们的花园的时候，她除了栽种像高空的太阳一样艳红的花朵以外，只愿意有一个美丽的大理石像。这石像代表一个美丽的男子；它是用一块洁白的石头雕出来的，跟一条遭难的船一同沉到了海底。她在这石像旁边种了一株像玫瑰花那样红的垂柳。这树长得非常茂盛。它新鲜的枝叶垂向这个石像，一直垂到那蓝色的沙底。它的倒影带有一种紫蓝的色调。像它的枝条一样，这影子也从不静止：树根和树顶看起来好像在做着互相亲吻的游戏。

她最大的快乐是听些关于上面人类世界的故事。她的老祖母不得不把自己所知道的有关于船只和城市、人类和动物的知识讲给她听。特别使她感到美好的一件事情是：地上的花儿能散发出香气来，而海底的花儿却不能；地上的森林是绿色的，而且人们所看到的在树枝间游来游去的鱼儿唱得那么清脆、好听，叫人感到愉快。老祖母所说的“鱼儿”事实上就是小鸟，但是假如她不这样讲的话，小公主就听不懂她的故事了，因为她还从来没有看到过一只小鸟。

“等你满了十五岁的时候，”老祖母说，“我就准许你浮到海面上去。那时你可以坐在月光底下的石头上面，看巨大的船只从你身边驶过去。你也可以看到树林和城市。”

在这快要到来的一年，这些姊妹中有一位到了十五岁，可是其余的呢——嗯，她们一个比一个小一岁。因此最年幼的那位公主还要足足地等五个年头才能够从海底浮上来，来看看我们的这个世界。不过每一位都答应下一位说，她要把她第一天所看到和发现的东西讲给大家听，因为她们的祖母所讲的确实不太够——她们希望了解的东西真不知有多少！

她们谁也没有像那位年幼的妹妹渴望得厉害，而她恰恰要等待得最久，同时她是那么沉默和富于深思。不知有多少夜晚她站在开着的窗子旁边，透过深蓝色的水朝上面凝望，凝望着鱼儿挥动着它们的尾巴和鳍。她还看到月亮和星星——当然，它们射出的光有些发淡，但是透过一层水，它们看起来要比在我们人眼中看到的大得多。假如有一块类似黑云的东西在它们下面浮过去的话，她便知道这不是一条鲸鱼在她上面游过去，而是一条装载着许多旅客的船在行驶。可是这些旅客怎么也想象不到，他们下面有一位美丽的小人鱼，在朝着他们船的龙骨伸出她一双洁白的手。

现在最大的那位公主已经到了十五岁，可以升到水面上去了。

当她回来的时候，她有无数的事情要讲；不过她说，最美的事情是当海上风平浪静的时候，在月光底下躺在一个沙滩上面，紧贴着海岸凝望那大城市里亮得像无数星星似的灯光，静听音乐、闹声以及马车和人的声音，观看圆塔和尖塔，倾听叮当的钟声。正因为她不能到那儿去，所以她也就最渴望这些东西。

啊，最小的那位妹妹听得多么入神啊！当她晚间站在开着的窗子旁边、透过深蓝色的水朝上面望的时候，她就想起了那个大城市以及城市里熙熙攘攘的声音。于是她似乎能听到钟声在向她这里飘来。

第二年，第二个姐姐得到许可，可以浮出水面，可以随便向什么地方游去。她跳出水面的时候，太阳刚刚下落；她觉得这景象真是美极了。她说，这时整个天空看起来像一块黄金，而云块呢——嗯，她真没有办法把它们的美形容出来！它们在她头上掠过，一忽儿红，一忽儿紫。不过，比它们飞得还要快的、像一片又白又长的面纱的是一群掠过水面的野天鹅。它们飞向太阳，她也向太阳游去。可是太阳落了。一片玫瑰色的晚霞，慢慢地在海面和云块之间消逝了。

又过了一年，第三个姐姐浮上去了。她是她们中最大胆的一位，因此她游向一条流进海里的大河里去了。她看到一些美丽的青山，上面种满了一行一行的葡萄。宫殿和田庄在郁茂的树林中隐隐地露在外面；她听到各种鸟儿唱得多么美好，太阳照得多么暖和，她有时不得不沉入水里，好使得她灼热的面孔能够得到一点清凉。在一个小河湾里，她碰到一群人间的小孩子。他们光着身子，在水里游来游去。她倒很想跟他们玩一会儿，可是他们吓了一跳，逃走了。于是一个小小的黑色动物走了过来——这是一条小狗，是她从来没有看到过的小狗。它对她叫得那么凶狠，弄得她害怕起来，赶快逃到大海里去。可是她永远忘记不了那壮丽的森林，那绿色的山，那些能够在水里游泳的可爱的小宝宝——虽然他们没有像鱼那样的尾巴。

第四个姐姐可不是那么大胆了。她停留在荒凉的大海上面。她说，最美的事儿就是停在海上。因为你可以从这儿向四周很远很远的地方望去，同时，天空悬在上面像一个巨大的玻璃钟。她看到过船只，不过这些船只离她很远，看起来像一只海鸥。她看到过快乐的海豚翻着筋斗，庞大的鲸鱼从鼻孔里喷出水来，好像有无数的喷泉在围绕着它们一样。

现在轮到那第五个姐姐了。她的生日恰恰是在冬天，所以，她能看到其他的姐姐们在第一次浮出海面时所没有看到过的东西。海染上了一片绿色；巨大的冰山在四周移动。她说每一座冰山看起来像一颗珠子，然而却比人类所建造的塔还要大得多。它们以种种奇奇怪怪的形状出现；它们像钻石似的放射出光彩。她曾经在一个最大的冰山上坐过，让海风吹着她细长的头发，所有的船只，绕过她坐着的那块地方，惊惶地远远避开。在黄昏时分，天上忽然布起了一片乌云。电闪起来了，雷轰鸣起来了。黑色的巨浪掀起整片整片的冰块，使它们在血红的雷电中闪着光。所有的船只都收下了帆，造成一种惊惶和恐怖的气氛。但是她却安静地坐在那浮动的冰山上，望着蓝色的闪电，弯弯曲曲地射进反光的海里。

这些姊妹中随便哪一位，只要是第一次升到海面上去，总是非常高兴地观看这些新鲜和美丽的东西。可是现在呢，她们已经是大女孩子了，可以随便浮到她们喜欢去的地方，因此这些东西就不再引起她们的兴趣了。她们渴望回到家里来。一个来月以后，她们就说：毕竟还是住在海里好——家里是多么舒服啊！

在黄昏的时候，这五个姊妹常常手挽着手地浮上来，在水面上排成一行。她们能唱出好听的歌声——比任何人类的声音还要美丽。当风暴快要到来、她们认为有些船只快要出事的时候，她们就浮到这些船的面前，唱起非常美丽的歌来，歌词大意是：海底是多么可爱，同时告诉这些水手不要害怕沉到海底；然而这些人却听不懂她们的歌词。他们以为这是飓风的声息。他们也想不到自己会在海底看到什么美好的东西，因为如果船沉了的话，上面的人也就淹死了，他们只有作为死人才能到达海王的宫殿。

有一天晚上，当姊妹们这么手挽着手地浮出海面的时候，最小的那位妹妹单独地待在后面，瞧着她们。看样子她好像是想要哭一场似的，不过人鱼是没有眼泪的，因此她更感到难受。

“啊，我多么希望我已经有十五岁了啊！”她说，“我知道我将会喜欢上面的世界，喜欢住在那个世界里的人们的。”

这一年，她真的到了十五岁了。

“你知道，你现在可以离开我们的手了，”她的祖母老太后说，“来吧，让我把你打扮得像你的那些姐姐一样吧。”

于是她在这小姑娘的头发上戴上一个百合花编的花环，不过这花的每一个花瓣是半颗珍珠。老太太又叫八个大牡蛎紧紧地附贴在公主的尾上，来表示她高贵的地位。

“这叫我真难受！”小人鱼说。

“当然啰，为了漂亮，一个人是应该吃点苦头的。”老祖母说。

唉，她倒真想能摆脱这些装饰品，把这沉重的花环扔向一边！她花园里的那些红花，她戴起来要适合得多，但是她不敢这样办。“再会吧！”她说。于是，她像一个水泡般轻盈地冒出水面了。

当她把头伸出海面的时候，太阳已经下落了，可是所有的云块还是像玫瑰花和黄金似的发着光；同时，在这淡红的天上，太白星已经在眨着美丽、光亮的眼睛。空气是温和的、新鲜的，海是非常平静的。这儿停着一艘有三根桅杆的大船。船上只挂了一张帆，因为没有一丝儿风吹动。水手们正坐在护桅索的周围和帆桁的上面。

这儿有音乐，也有歌声。当黄昏逐渐变得阴暗的时候，各色各样的灯笼就一起亮起来了。它们看起来就好像飘在空中的世界各国的旗帜一样。小人鱼一直向船窗那儿游去。每次当海浪把她托起来的时候，她可以透过像镜子一样的窗玻璃，望见里面站着许多服装华丽的男子；但他们之中最美的一位是那有一对大黑眼珠的王子：看上去，他的年纪还不到十六岁。今天是他的生日，正出于这个缘故，今天才这样热闹。

水手们在甲板上跳着舞。当王子走出来的时候，有一百多发火箭一齐向天空射出。天空被照得如同白昼，小人鱼因此非常惊恐，赶快沉到水底。可是不一会儿她又把头伸出来了——这时她觉得好像满天的星星都在向她落下，她从来没有看到过这样的烟火。许多巨大的太阳在周围发出嘘嘘的响声，光耀夺目的大鱼在向蓝色的空中飞跃。这一切都映到这清明的、平静的海上。这船全身都被照得那么亮，连每根很小的绳子都可以看得出来，船上的人当然更可以看得清楚了。啊，这位年轻的王子是多么英俊啊！当音乐在这光华灿烂的夜里慢慢消逝的时候，他跟水手们握着手，大笑，微笑……

夜已经很深了，但是小人鱼没有办法把她的眼睛从这艘船和这位美丽的王子身上撇开。那些彩色的灯笼熄了，火箭不再向空中发射了，炮声也停止了。可是在海的深处响起了一种“嗡嗡”和“隆隆”的声音。她坐在水上，一起一伏地漂着，所以她能看到船舱里的东西。可是船加快了速度，它的帆都先后张起来了。浪涛大起来了，沉重的乌云浮起来了，远处掣起闪电来了。啊，可怕的大风暴快要到来了！水手们连忙收下了帆。这条巨大的船在这狂暴的海上摇摇摆摆地向前疾驶。浪涛像庞大的黑山似的高涨。它想要折断桅杆。可是这船像天鹅似的，一忽儿投进洪涛里面，一忽儿又在高大的浪头上抬起头来。

小人鱼觉得这是一种很有趣的航行，可是水手们的看法却不是这样的。这艘船现在发出碎裂的声音；它粗厚的板壁被袭来的海涛打弯了。船桅像芦苇似的被拦腰折断了。后来船开始倾斜，水向舱里冲了进来。这时小人鱼才知道他们遭遇到了危险。她也得当心漂浮在水上的船梁和船的残骸。

天空马上变得漆黑，她什么也看不见。不过当闪电掣起来的时候，天空又显得非常明亮，使她可以看出船上的每一个人。现在每个人在尽量为自己寻找生路。她特别注意那位王子。当这艘船裂开、向海的深处下沉的时候，她看到了他。她马上变得非常高兴起来，因为他现在要落到她这儿来了。可是她又记起人类是不能生活在水里的，除非他成了死人，否则是不能进入她父亲的宫殿的。

不成，决不能让他死去！她在那些漂着的船梁和木板之间游过去，一点也没有想到它们可能会把她砸死。她深深地沉入水里，接着又在浪涛中高高地浮出来，最后她终于到达了那王子的身边。在这狂暴的海里，他绝没有力量再浮起来。他的手臂和腿开始支持不住了。他美丽的眼睛已经闭起来了。要不是小人鱼及时赶来，他一定会被淹死的。她把他的头托出水面，让浪涛载着他们，一起随便漂流到什么地方去。

天明时分，风暴已经过去了。那条船连一块碎片也没有了。鲜红的太阳升起来了，在水上光耀地照着。它似乎在这位王子的脸上注入了生命。不过他的眼睛仍然是闭着的。小人鱼在他清秀的高额吻了一下，把他透湿的长发理向脑后。她觉得他的样子很像她在海底小花园里的那尊大理石像。她又吻了他一下，希望他能苏醒过来。

现在她看见前面展开一片陆地和一群苍翠的高山，山顶上闪耀着的白雪看起来像睡着的天鹅。沿着海岸是一片美丽的绿色树林，林子前面有一个她不知道究竟叫作什么的东西，反正是一个建筑物罢了。它的花园里长着一些柠檬和橘子树，门前立着很高的棕榈。海在这儿形成一个小湾，水是非常平静的，但是从这儿一直到那积有许多细沙的石崖附近，都是很深的。她托着这位美丽的王子向那儿游去。她把他放到沙滩上，非常仔细地让他的头高高地搁在温暖的太阳光里。

钟声从那幢雄伟的白色建筑物中响起来了，有许多年轻女子穿过花园走出来。小人鱼远远地向海里游去，游到冒在海面上的几座大石头的后面。她用许多海水的泡沫盖住了她的头发和胸脯，以防别人看见她小小的面孔。她在这儿凝望着，看有谁会来到这个可怜的王子身边。

不一会儿，一个年轻的女子走过来了。她似乎非常吃惊，一会儿不到，她就找了许多人来。小人鱼看到王子渐渐地苏醒过来了，并且向周围的人露出微笑。可是他没有对小人鱼做出微笑的表情：当然，他一点也不知道救他的人就是她。她感到非常难过。当他被抬进那幢高大的房子里去的时候，她悲伤地跳进海里，回到她父亲的宫殿里。

她一直就是一个沉静和深思的孩子，现在她变得更加沉默了。她的姐姐们都问她，她第一次升到海面上去究竟看到了一些什么东西，但是她什么也说不出来。

有好多晚上和早晨，她浮出水面，向她曾经放下王子的那个地方游去。她看到那花园里的果子熟了，被摘下来了；她看到高山顶上的雪融化了；但是她看不见那个王子。所以她每次回到家里，总是感到更痛苦。她唯一的安慰是坐在自己的小花园里，用双手抱着与那位王子相似的美丽的大理石像。可是她再也不照料她的花儿了。这些花儿好像是生长在旷野中的东西，铺得满地都是，它们的长梗和叶子跟树枝交叉在一起，使这地方显得非常阴暗。

最后她再也忍受不住了。不过只要她把心事告诉给一个姐姐，其余的人马上也就都知道了。她们之中有一位知道那个王子是什么人，她也看到过那次在船上举行的庆祝活动。她知道这位王子是从什么地方来的，他的王国在什么地方。

“来吧，小妹妹！”别的公主们说。她们彼此把手搭在肩上，一长排地升到海面，一直游到一个她们认为是王子的宫殿的地方。

这宫殿是用一种发光的淡黄色石块建筑的，里面有许多宽大的大理石台阶——有一个台阶还一直伸到海里呢。华丽的、金色的圆塔从屋顶上伸向空中。在围绕着整个建筑物的圆柱中间，立着许多大理石像。它们看起来像是活人一样。透过那些高大窗子的明亮玻璃，人们可以看到一些富丽堂皇的大厅，里面悬着贵重的丝窗帘和织锦，墙上装饰着大幅的图画——就是光看看这些东西也是一桩非常愉快的事情。在最大的一个厅堂中央，有一个巨大的喷泉在喷着水。水一直向上面的玻璃圆屋顶射去，而太阳又透过玻璃射下来，照到水上，照到生长在这大水池里的植物上面。

现在她知道王子住在什么地方。在这儿的水上她度过好几个黄昏和黑夜。她远远地向陆地游去，比任何姐姐敢去的地方都远。的确，她甚至游到那个狭小的河流里去，直到那个壮丽的大理石阳台下面——它长长的阴影倒映在水上。她在这儿坐着，瞧着那个年轻的王子，而这位王子却还以为月光中只有他一个人呢。

有好几个晚上，她看到他在音乐声中乘着那艘飘着许多旗帜的华丽的船。她从绿灯芯草中向上面偷望。当风吹起她银白色的长面罩的时候，如果有人看到的话，他们会以为这是一只天鹅在展开它的翅膀。

有好几个夜里，当渔夫们打着火把出海捕鱼的时候，她听到他们对这位王子说了许多称赞的话语。她高兴起来，认为当浪涛把他冲击得半死的时候，是她来救了他的生命；她记起他的头是怎样紧紧地躺在她的怀里，她是多么热情地吻着他。可是这些事儿他自己一点也不知道，他连做梦也不会想到她。

她渐渐地开始爱起人类来，渐渐地开始盼望能够生活在他们中间。她觉得他们的世界比她的天地大得多。的确，他们能乘船在海上行驶，能爬上高耸入云的大山，而且他们的土地，连带着森林和田野，伸展开来，使得她望都望不尽。她希望知道的东西真是不少，可是她的姐姐们都不能回答她所有的问题。因此她只有问她的老祖母。她对于“上层世界”——这是她给海上国家所起的恰当的名字——的确知道得相当清楚。

“如果人类不淹死的话，”小人鱼问，“他们会永远活下去吗？他们会不会像我们住在海里的人们一样地死去呢？”

“一点也不错，”老太太说，“他们也会死的，而且他们的生命甚至比我们的还要短促呢。我们可以活到三百岁，不过当我们在这儿的生命结束的时候，我们就变成了水上的泡沫。我们甚至连一座坟墓也不留给心爱的人呢。我们没有一个不灭的灵魂，我们也从来得不到一个死后的生命。我们像那绿色的海草一样，只要一割断了，就再也绿不起来！相反，人类有一个灵魂，它永远活着，即使身体化为尘土，它仍是活着的。它升向晴朗的天空，一直升向那些闪耀着的星星！正如我们升到水面、看到人间的世界一样，他们升向那个神秘的、华丽的、我们永远不会看见的地方。”

“为什么我们得不到一个不灭的灵魂呢？”小人鱼悲哀地问，“只要我能够变成人、可以进入天上的世界，哪怕在那儿只活一天，我都愿意放弃我在这儿所能活的几百岁的生命。”

“你绝不能起这种念头，”老太太说，“比起上面的人类来，我们在这儿的生活要幸福和美好得多！”

“那么我就只有死去，变成泡沫在水上漂浮了。我将再也听不见浪涛的音乐，看不见美丽的花朵和鲜红的太阳吗？难道我没有办法得到一个永恒的灵魂吗？”

“没有！”老太太说，“只有当一个人爱你，把你当作比他父母还要亲的人时；只有当他把全部的思想和爱情都放在你身上的时候；只有当他让牧师把他的右手放在你的手里，答应现在和将来永远对你忠诚的时候，他的灵魂才会转移到你的身上去，而你就会得到一份人类的快乐。他就会分给你一个灵魂，而同时他自己的灵魂又能保持不灭。但是这类事情是从来不会有的！我们在这海底所认为美丽的东西——你的那条鱼尾——他们在陆地上却认为非常难看：他们不知道什么叫作美、丑。在他们那儿，一个人想要显得漂亮，必须生有两根呆笨的支柱——他们把它们叫作腿！”

小人鱼叹了一口气，悲哀地往自己的鱼尾巴望了一眼。

“我们放快乐些吧！”老太太说，“在我们能活着的这三百年中，让我们跳舞吧。这确实是一段相当长的时间；以后我们也可以在我们的坟墓里愉快地休息了。今晚我们就在宫里开一个舞会吧！”

那真是一个壮丽的场面，人们在陆地上是从来不会看见的。这个宽广的跳舞厅里的墙壁和天花板是用厚而透明的玻璃砌成的。成千成百草绿色和粉红色的巨型贝壳一排一排地立在四边，它们里面燃着蓝色的火焰，照亮整个舞厅，照透了墙壁，因而也照明了外面的海。人们可以看到无数的大小鱼群向这座水晶宫里游来，有的鳞上发着紫色的光，有的亮起来像白银和金子。一股宽大的激流穿过舞厅的中央，海里的男人和女人，唱着美丽的歌，就在这激流上跳舞。这样优美的歌声，住在陆地上的人们是唱不出来的。

在这些人中间，小人鱼唱得最美。大家为她鼓掌；她心中有好一会儿感到非常快乐，因为她知道，在陆地上和海里只有她的声音最美。不过她马上又想起上面的那个世界。她忘不了那个英俊的王子，也忘不了她因为没有他那样不灭的灵魂而引起的悲愁。她偷偷地走出父亲的宫殿，当里面充满了歌声和快乐的时候，她却悲哀地坐在她的小花园里。忽然，她听到一阵号角声从水上传来。她想：他一定是在上面行船了。我爱他胜过爱我的爸爸和妈妈，我时时刻刻在想念他，我把我一生的幸福放在他的手里。我要牺牲一切来争取他和一个不灭的灵魂。当我的姐姐们正在父亲的宫殿里跳舞的时候，我要去拜访那位海的巫婆。我一直是非常害怕她的，但是她也许能教给我一些办法来帮助我吧。

小人鱼于是走出了花园，向一个掀起泡沫的漩涡走去——巫婆就住在它的后面。她以前从来没有走过这条路。这儿没有花，也没有海草，只有光溜溜的一片灰色沙底，向漩涡那儿伸去。水在这儿像一架喧闹的水车似的旋转着，把它所碰到的东西都转到水底去。要到达巫婆所住的地区，她必须走过这急转的漩涡。有好长一段路程需要通过一条冒着热泡的泥地：巫婆把这地方叫作“泥煤田”。在这后面有一个可怕的森林，她的房子就在里面。所有的树和灌木林全是些珊瑚虫——一种半植物和半动物的东西。它们看起来很像地里冒出来的多头蛇。它们的枝丫全是长长的、黏糊糊的手臂，它们的手指全都像蠕虫一样柔软。它们从根到顶都是一节一节地在颤动，紧紧地盘住它们在海里所能抓得到的东西，一点也不放松。

小人鱼在这森林面前停下步子，非常惊慌。她的心害怕得跳起来，她几乎想转身回去。但是当她一想起那位王子和人的灵魂的时候，她就又有了勇气。她把她漂动着的长头发牢牢地缠在头上，好使珊瑚虫抓不住她。她把双手紧紧地贴在胸前，像水里跳着的鱼儿似的，在这些丑恶的珊瑚虫中间，向前跳走，而这些珊瑚虫只在她后面挥舞着柔软的长臂和手指。她看到它们每一个都抓住了一件什么东西，无数的小手臂盘住它，像坚固的铁环一样。那些在海里淹死和沉到海底下的人，在这些珊瑚虫的手臂里，露出白色的骸骨。它们紧紧地抱着船舵和箱子，抱着陆上动物的骸骨，还抱着一个被它们抓住并勒死了的小人鱼——这对于她来说，是一件最可怕的事情。

现在她来到了森林中一块黏糊糊的空地。又大又肥的水蛇在这里翻动着，露出它们淡黄色的、奇丑的肚皮。在这块地中央有一幢用死人的白骨砌成的房子。海的巫婆就正坐在这儿，用她的嘴喂一只癞蛤蟆，正如我们人用糖喂一只小金丝雀一样。她把那些奇丑的、肥胖的水蛇叫作她的小鸡，同时让它们在她肥大的、松软的胸口上爬来爬去。

“我知道你是来求什么的，”海的巫婆说，“你是一个傻东西！不过，我美丽的公主，我还是会让你达到你的目的，因为这件事将会给你一个悲惨的结局。你想要去掉你的鱼尾，生出两根支柱，好叫你像人类一样能够行路。你想要叫那个王子爱上你，使你能得到他，因而也得到一个不灭的灵魂。”这时巫婆便可憎地大笑了一通，癞蛤蟆和水蛇都滚到地上来，在周围爬来爬去。“你来得正是时候，”巫婆说，“明天太阳出来以后，我就没有办法帮助你了，只有等待一年再说。我可以煎一服药给你喝。你带着这服药，在太阳出来以前，赶快游向陆地。你就坐在海滩上，把这服药吃掉，于是你的尾巴就可以分为两半，收缩成为人类所谓的漂亮腿子了。可是这是很痛的——这就好像有一把尖刀扎进你的身体。凡是看到你的人，一定会说你是他们所见到的最美丽的女孩！你将仍旧会保持你像游泳似的步子，任何舞蹈家也不会跳得像你那样轻柔。不过你的每一个步子将会使你觉得好像是在尖刀上行走，好像你的血在向外流。如果你能忍受得了这些苦痛的话，我就可以帮助你。”

“我可以忍受。”小人鱼用颤抖的声音说。这时她想起了那个王子和她要获得一个不灭灵魂的愿望。

“可是要记住，”巫婆说，“你一旦获得了一个人的形体，你就再也不能变成人鱼，也不能走下水来，回到你姐姐或你爸爸的宫殿里来了。而假如你得不到那个王子的爱情，假如你不能使他为你而忘记自己的父母、全心全意地爱你、叫牧师来把你们的手放在一起结成夫妇的话，你就不会得到一个不灭的灵魂了。在他跟别人结婚的头一天早晨，你的心就会裂碎，你就会变成水上的泡沫。”

“我不怕！”小人鱼说。但她的脸像死人一样惨白。

“但是你还得给我酬劳！”巫婆说，“而且我所要的也并不是一件微小的东西。在海底的人们中，你的声音要算是最美丽的了。无疑，你想用这声音去迷住他，可是这个声音你得交给我。我必须得到你最好的东西，作为我的贵重药物的交换品！我得把我自己的血放进这药里，好使它尖锐得像一柄两面都快的刀子！”

“不过，如果你把我的声音拿去了，”小人鱼说，“那么我还有什么东西剩下呢？”

“你还有美丽的身材呀，”巫婆回答说，“你还有轻盈的步子和富于表情的眼睛呀。有了这些东西，你就能很容易迷住一个男人的心了。唔，你已经失掉了勇气吗？伸出你小小的舌头吧，我可以把它割下来作为报酬，你也可以得到这服强烈的药剂了。”

“就这样办吧。”小人鱼说。巫婆于是就把药罐准备好，来煎这服富有魔力的药了。

“清洁是一件好事。”她说，于是她用几条蛇打成一个结，用它来擦洗这罐子。然后她把自己的胸口抓破，让她的黑血滴到罐子里去。药的蒸气奇形怪状地升到空中，看起来怪吓人的。每隔一会儿巫婆就加一点什么新的东西到药罐里去。当药煮到滚开的时候，有一个像鳄鱼似的哭声飘出来了。最后药总算是煎好了，它的样子像非常清亮的水。

“拿去吧！”巫婆说。于是她就把小人鱼的舌头割掉了。小人鱼现在成了一个哑巴，既不能唱歌，也不能说话。

“当你穿过我的森林回去的时候，如果珊瑚虫捉住了你的话，”巫婆说，“你只需把这药水洒一滴到它们的身上，它们的手臂和指头就会裂成碎片，向四边纷飞了。”可是小人鱼没有这样做的必要，因为当珊瑚虫一看到这亮晶晶的药水——它在她的手里亮得像一颗闪耀的星星——的时候，它们就在她面前惶恐地缩回去了。这样，她很快地就走过了森林、沼泽和激转的漩涡。

她可以看到她父亲的宫殿了。那宽大的跳舞厅里的火把已经灭了，无疑地，里面的人已经入睡了。不过她不敢再去看他们，因为她现在已经是一个哑巴，而且就要永远离开他们。她的心痛苦得似乎要裂成碎片。她偷偷地走进花园，从每个姐姐的花坛上摘下一朵花，对着宫殿用手指飞了一千个吻，然后她就浮出这深蓝色的海。

当她看到那王子的宫殿时，太阳还没有升起来。她庄严地走上那大理石台阶。月亮皎洁地照在台阶上，非常美丽。小人鱼喝下那服强烈的药剂，她马上感到好像有一柄两面都快的刀子劈开了她纤细的身体。她立刻昏了过去，倒下来好像死去一样。当太阳照到海上的时候，她才醒过来，她感到一阵剧痛。这时有一位年轻英俊的王子正立在她的面前。他乌黑的眼珠正在望着她，弄得她不好意思地低下头来。这时她发现她的鱼尾已经没有了，取而代之的是一双只有少女才有的、最美丽的小小白腿。可是她没有穿衣服，只好用她浓密的长头发来掩住自己的身体。王子问她是谁，怎样到这儿来的。她用她深蓝色的眼睛温柔而又悲哀地望着他，因为她现在已经不会讲话了。他挽着她的手，把她领进宫殿里去。正如那巫婆以前跟她讲过的一样，她觉得每一步都好像是在锥子和利刃上行走。可是她情愿忍受这苦痛。她挽着王子的手臂，走起路来轻盈得像一个水泡。王子和其他所有的人望着她这文雅轻盈的步子，感到惊奇。

现在她穿上了丝绸和细纱做的贵重衣服。她是宫里最美丽的人，然而她是一个哑巴，既不能唱歌，也不能讲话。漂亮的女奴隶穿着丝绸，戴着金银饰物，走上前来，为王子和他的父母唱着歌。有一个奴隶唱得最动听，王子不禁鼓起掌来，对她露出微笑。这时小人鱼就感到一阵悲哀。她知道，以前她的歌声比那种歌声要美得多！她想：

啊！只愿他知道，为了和他在一起，我永远牺牲了我的声音！

现在奴隶们跟着美妙的音乐，跳起优雅的、轻飘飘的舞来。这时小人鱼就举起她那双美丽的、白嫩的手，用脚尖站着，在地板上轻盈地跳着舞——从来没有人这样舞过。她的每一个动作都衬托出她的美。她的眼珠比奴隶们的歌声更能打动人的心。

大家都看得入了迷，特别是那位王子——他把她叫作他的“孤儿”。她不停地舞着，虽然每次当她的脚接触到地面的时候，她就像是在锋利的刀上行走一样。王子说，她此后应该永远跟他在一起，因此她就得到了许可，睡在他门外的一个天鹅绒的垫子上面。

他叫人为她做了一套男子穿的衣服，好使她可以陪他骑着马同行。他们走过香气扑鼻的树林，绿色的树枝扫过他们的肩膀，鸟儿在新鲜的叶子后面唱着歌。她和王子爬上高山。虽然她纤细的脚已经流出血来，而且也被大家看见了，她仍然只是大笑，继续伴随着他，一直到他们看到云块在山间移动，像一群飞向遥远国家的小鸟为止。

在王子的宫殿里，夜里大家都睡了以后，她就向那宽大的台阶走去。为了使她那双发烧的脚可以感到一点清凉，她就站进寒冷的海水里。这时她不禁想起了住在海底的人们。

有一天夜里，她的姐姐们手挽着手游过来了。她们一面在水上游泳，一面唱出凄怆的歌。这时她就向她们招手。她们认出了她，埋怨着说她的离开叫她们多么难过。这次以后，她们每天晚上都来看她。有一晚，她遥远地看到了多年不曾浮出海面的老祖母和戴着王冠的海王。他们对她伸出手来，但他们不像她的那些姐姐，没有敢游近地面。

王子一天比一天更爱她。他像爱一个亲热的好孩子那样爱她，但是他从来没有娶她为王后的想法。然而她必须做他的妻子，否则她就不能得到一个不灭的灵魂，而且会在他结婚的头一个早上就变成海上的泡沫。

“在所有的人中，你是最爱我的吗？”当他把她抱进怀里吻她前额的时候，小人鱼的眼睛似乎在这样说。

“是的，你是我最亲爱的人！”王子说，“因为你在所有人中有一颗最善良的心。你是最喜欢我的人，你很像我某次看到过的一个年轻女子，可是我永远也看不见她了。那时我是坐在一艘船上——这船已经沉了。巨浪把我推到一个神庙旁的岸上。有几个年轻女子在那儿祈祷。她们中最年轻的一位在岸旁发现了我，因此救了我的生命。我只看到过她两次：她是我在这世界上能够爱的唯一的人，但是你很像她，你几乎代替了她留在我的灵魂中的印象。她是属于这个神庙的，而我是如此幸运！命运把你送给我。让我们永远不要分离吧！”

啊，他却不知道我救了他的生命！小人鱼想。我把他从海里托出来，送到神庙所在的一个树林里。我坐在泡沫后面，窥望是不是有人会来。我看到那个美丽的姑娘——他爱她胜过于爱我。这时小人鱼深深地叹了一口气——她哭不出声来。那个姑娘是属于那个神庙的——他曾说过。她永不会走向这个人间的世界里来——他们永不会见面了。我是跟他在一起，每天看到他的。我要照看他，热爱他，为他献出我的生命！

现在大家都在传说王子快要结婚了，他的妻子就是邻国国王的一个女儿。他为这事特别装备好了一艘美丽的船。王子表面上说是要到邻近王国里去观光，事实上他是为了去看邻国君主的女儿。他将带着一大批随员同去。小人鱼摇了摇头，微笑了一下。她比任何人都能猜透王子的心事。

“我得去旅行一下！”他对她说过，“我得去看一位美丽的公主，这是我父母的命令，但是他们不能强迫我把她作为未婚妻带回家来！我不会爱她的。你很像神庙里的那个美丽的姑娘，而她却不像。如果我要选择新嫁娘的话，那么我就要先选你——我亲爱的、有一双能讲话的眼睛的哑巴孤女。”

于是他吻了她鲜红的嘴唇，抚摸着她的长头发，把他的头贴到她的心上，弄得她的这颗心又梦想起人间的幸福和一个不灭的灵魂来。

“你不害怕海吗，我的哑巴孤儿？”他问。这时他们正站在那艘华丽的船上，它正向邻近的王国开去。他和她谈论着风暴和平静的海，生活在海里的奇奇怪怪的鱼和潜水夫在海底所能看到的东西。对于这类故事，她只是微微地一笑，因为关于海底的事儿她比谁都更清楚。

在月光照着的夜里，大家都睡了，只有掌舵人立在舵旁。这时她就坐在船边上，凝望着下面清亮的海水。她似乎看到了她父亲的王宫。她的老祖母头上戴着银子做的冠，正高高地站在王宫顶上；她透过激流朝这条船的龙骨瞭望。不一会儿，她的姐姐们都浮到水面上来了，她们悲哀地望着她，痛苦地扭着她们白净的手。她向她们招手，微笑，同时很想告诉她们，说她现在一切都很美好和幸福。这时，船上的一个侍者忽然向她这边走来。她的姐姐们马上就沉到水里，侍者以为自己所看到的那些白色的东西，不过只是些海上的泡沫。

第二天早晨，船开进邻国的港口。所有的钟都响起来了，号笛从许多高楼上吹来，兵士们拿着飘扬的旗子和明晃晃的刺刀在敬礼。每天都有一个宴会。舞会和晚会在轮流举行着，可是公主还没有出现。人们说她在一个遥远的神庙里受教育，学习一切美德。最后她终于来了。

小人鱼迫切地想要看看她的美貌。她不得不承认她的美了，她从来没有看见过比这更美的形体。她的皮肤是那么细嫩，洁白。在她黑长的睫毛后面是一对微笑的、忠诚的、深蓝色的眼珠。

"就是你！"王子说，"当我像一具死尸般躺在岸上的时候，救活我的就是你！"于是他把这位羞答答的新嫁娘紧紧地抱在怀里。"啊，我太幸福了！"他对小人鱼说，"我从来不敢希望的最好的东西，现在终于成为事实了。你会为我的幸福而高兴吧，因为你是所有人中最喜欢我的人！"

小人鱼把他的手吻了一下。她觉得她的心在碎裂。他举行婚礼后的头一个早晨她就会灭亡，就会变成海上的泡沫。

钟都响起来了，传令人骑着马在街上宣布他们订婚的喜讯。每一个祭台上，芬芳的油脂在贵重的油灯里燃烧。祭司们挥着香炉，新郎和新娘互相挽着手来接受祝福。小人鱼这时穿着丝绸衣服，戴着金饰，托着新嫁娘的披纱，可是她的耳朵听不见这欢乐的音乐，她的眼睛看不见这神圣的仪式。她想起了她要灭亡的早晨，和她在这世界已经失去了的一切东西。

在同一天晚上，新郎和新娘来到船上。礼炮响起来了，旗帜在飘扬着。一个金色和紫色交织的皇家帐篷在船中央架起来了，里面陈设着最美丽的垫子。在这儿，这对美丽的新婚夫妇将度过他们这清凉和寂静的夜晚。

风儿在鼓着船帆。船在这清亮的海上，轻柔地航行着，没有很大的波动。

当暮色渐渐垂下来的时候，彩色的灯光就亮起来了，水手们愉快地在甲板上跳起舞来。小人鱼不禁想起她第一次浮到海面上来的情景，想起她那时看到的同样华丽和欢乐的场面。她于是旋舞起来，飞翔着，正如一只被追逐的燕子在飞翔着一样。大家都在喝彩，称赞她，她从来没有跳得这么美丽。锋利的刀子似乎在砍着她的细嫩的脚，但是她并不感觉到痛，因为她的心比这还要痛。

她知道这是她看到他的最后一晚——为了他，她离开了她的家庭和族人，她交出了她美丽的声音，她每天忍受着没有止境的苦痛，然而他却一点儿也不知道。这是她能和他在一起呼吸同样空气的最后一晚，这是她能看到深沉的海和布满了星星的天空的最后一晚。同时，一个没有思想和梦境的永恒的夜在等待着她——没有灵魂，而且也得不到一个灵魂的她。一直到半夜过后，船上的一切还是欢乐和愉快的。她笑着、舞着，但是她心中怀着死的念头。王子吻着自己美丽的新娘；新娘抚弄着他的乌亮的头发。他们手挽着手到那华丽的帐篷里去休息。

船上现在是很安静的了。只有舵手站在舵旁。小人鱼把她洁白的手臂倚在舷樯上，向东方凝望，等待着晨曦的出现——她知道，头一道太阳光就会让她灭亡，她看到她的姐姐们从波涛中涌现出来了。她们像她一样地苍白。她们美丽的长头发已经不在风中飘荡了——因为已经被剪掉了。

“我们已经把头发交给了那个巫婆，希望她能帮助你，使你今后不至于灭亡。她给了我们一把刀子。拿去吧，你看，它是多么快！在太阳出来以前，你得把它插进那个王子的心里去。当他的热血流到你脚上时，你的双脚将会又连到一起，成为一条鱼尾，那么你就可以恢复人鱼的原形，你就可以回到我们这里来。这样，在你没有变成无生命的咸水泡沫以前，你仍旧可以活过你三百年的岁月。快动手！在太阳出来以前，不是他死，就是你死！我们的老祖母悲恸得连她的白发都落光了，正如我们的头发在巫婆的剪刀下掉落一样。刺死那个王子，赶快回来吧！快动手呀！你没有看到天上的红光吗？几分钟以后，太阳就出来了，那时你就必然灭亡！”

她们发出一个奇怪的、深沉的叹息声，随后便沉入浪涛里去了。

小人鱼把那帐篷上紫色的帘子掀开，看到那位美丽的新娘把头枕在王子的怀里睡着了。她弯下腰，在王子清秀的眉毛上亲了一下，于是她向天空凝视——朝霞渐渐地变得更亮了。她向尖刀看了一眼，接着又把眼睛看向这个王子；他正在梦中喃喃地念着他的新嫁娘的名字。他思想中只有她的存在。刀子在小人鱼的手里发抖。但是正在这时候，她把这刀子远远地向浪花里扔去。刀子沉下的地方，浪花就发出一道红光，好像有许多血滴溅出了水面。她再一次把她模糊的视线投向这王子，然后她就从船上跳到海里，她觉得她的身躯在溶化成为泡沫。

现在太阳从海里升起来了。阳光柔和地、温暖地照在冰冷的泡沫上。小人鱼并没有感到灭亡。她看到光明的太阳，同时在她上面飞着无数透明的、美丽的生物。透过它们，她可以看到船上的白帆和天空的彩云。它们的声音是和谐的音乐，可是那么虚无缥缈，人类的耳朵简直没有办法听见，正如地上的眼睛不能看见它们一样。它们没有翅膀，只是凭它们轻飘的形体在空中浮动。小人鱼觉得自己也获得了它们这样的形体，渐渐地从泡沫中升起来。

“我将向谁走去呢？”她问。她的声音跟这些其他的生物一样，显得虚无缥缈，人世间的任何音乐都不能和它相比。

“到天空的女儿那儿去呀！”一个声音回答说，“人鱼是没有不灭的灵魂的，而且永远也不会有这样的灵魂，除非她获得了一个凡人的爱情。她的永恒的存在要依靠外来的力量。天空的女儿也没有永恒的灵魂，不过她们可以通过善良的行为而创造出一个灵魂。我们飞向炎热的国度里去，那儿散布着疫病的空气在伤害着人民，我们可以吹起清凉的风，可以把花香在空气中传播，我们可以散布健康和愉快的精神。三百年以后，当我们尽力做完了我们可能做的一切善行以后，我们就可以获得一个不灭的灵魂，就可以分享人类一切永恒的幸福了。你，可怜的小人鱼，像我们一样，曾经全心全意地为那个目标而奋斗，你忍受过痛苦，你坚持下去了，你已经超升到精灵的世界里来了。通过你的善良的工作，在三百年以后，你就可以为你自己创造出一个不灭的灵魂。”

小人鱼向太阳举起了她光亮的手臂，她第一次感到要流出眼泪。

在那条船上，人声和活动又开始了。她看到王子和他美丽的新娘在寻找她。他们悲悼地望着那翻腾的泡沫，好像他们知道她已经跳到浪涛里去了似的。在冥冥中她吻着这位新嫁娘的前额，她对王子微笑。于是她就跟其他的空气中的孩子们一道，骑上玫瑰色的云块，升入天空里去了。

“这样，三百年以后，我们就可以升入天国！”

“我们也许不需等那么久！”一个声音低语着，“我们无形无影地飞进人类的家里去，那里面生活着一些孩子。如果我们找到一个好孩子，如果他给他父母带来快乐，如果他值得他父母爱他的话，上天就可以缩短考验我们的时间。当我们飞过屋子的时候，孩子是不会知道的。当我们幸福地对着他笑的时候，我们就可以在这三百年中减去一年；但当我们看到一个顽劣的孩子而不得不伤心地哭出来的时候，那么，每一颗眼泪就将使我们接受考验的日子多加一天。”

丑小鸭

乡下真是非常美丽。这正是夏天！小麦是金黄的，燕麦是绿油油的。干草在绿色的牧场上堆成垛，鹳鸟迈着又长又红的腿在散步，啰唆地讲着埃及话。这是它从妈妈那儿学到的一种语言。田野和牧场的周围有片大森林，森林里有些很深的池塘。的确，乡间是非常美丽的。太阳光正照着一幢老式的房子，

它周围流着几条很深的小溪。从墙角那儿一直到水里，全盖满了牛蒡的大叶子。最大的叶子长得非常高，小孩子简直可以直着腰站在下面。像在最浓密的森林里一样，这儿也是很荒凉的。这儿有一只母鸭坐在巢里，她得把她的几个小鸭都孵出来。不过这时她已经累坏了。很少有客人来看她。别的鸭子都愿意在溪流里游来游去，而不愿意跑到牛蒡下面来和她聊天。

最后，那些鸭蛋一个接着一个地崩开了。“噼！噼！”蛋壳响起来。所有的蛋黄现在都变成了小动物，他们把小头都伸出来。

“嘎！嘎！”母鸭说。他们也就跟着嘎嘎地大声叫起来。他们在绿叶子下面向四周看。妈妈让他们尽量地东张西望，因为绿色对他们的眼睛是有好处的。

“这个世界真够大！”这些年轻的小家伙说。的确，比起他们在蛋壳里的时候，他们现在的天地真是大不相同了。

“你们以为这就是整个世界！”妈妈说，“这地方伸展到花园的另一边，一直伸展到牧师的田里去，才远呢！连我自己都没有去过！”她站起来。“唉，我还没有把你们都生出来！这只顶大的蛋躺着没有动静。它还得躺多久呢？我真是有些烦了。”于是她又坐下来。

“嗯，情形怎样？”一只来拜访她的老鸭子问。

“这个蛋费的时间真久！”坐着的母鸭说，“它老是不裂开。请你看看别的吧。他们真是一些最逗人爱的小鸭儿！都像他们的爸爸——这个坏东西从没来看过我一次！”

“让我瞧瞧这个老是不裂开的蛋吧，”这位年老的客人说，“请相信我，这是一只吐绶鸡的蛋，有一次我也同样受过骗。你知道，那些小家伙不知道给了我多少麻烦和苦恼，他们都不敢下水，我简直没有办法叫他们在水里试一试。我说好说歹，一点用也没有！——让我来瞧瞧这只蛋吧。哎呀！这是一只吐绶鸡的蛋！让它躺着吧，你尽管叫别的孩子去游泳好了。”

“我还是在它上面多坐一会儿吧，”鸭妈妈说，“我已经坐了这么久，就是再坐它一个星期也没有关系。”

“那么就请便吧。”老鸭子说。于是她就告辞了。

最后这只大蛋裂开了。“噼！噼！”新生的这个小家伙叫着向外面爬。他长得又大又丑。鸭妈妈瞧了他一眼。“这个小鸭子大得怕人，”她说，“别的没有一个像他。但是他一点也不像小吐绶鸡！好吧，我们马上就来试试看吧。他得到水里去，我踢也要把他踢下水去。”

第二天，天气晴和又美丽。太阳照在绿牛蒡上。鸭妈妈带着她所有的孩子走到溪边来。扑通！她跳进水里去了。“嘎！嘎！”她叫着，于是小鸭子就一个接着一个跳下去。水淹到他们头上，但是他们马上又冒出来了，游得非常漂亮。他们的小腿很灵活地划着。他们全都在水里，连那个丑陋的灰色小家伙也跟他们一起游。

“嗯，他不是一个吐绶鸡，”她说，“你看他的腿划得多灵活，他浮得多么稳！他是我亲生的孩子！如果你把他仔细看一看，他还算长得蛮漂亮呢。嘎！嘎！跟我一块儿来吧，我把你们带到广大的世界去，把那个养鸡场介绍给你们看看。不过，你们得紧贴着我，免得别人踩着你们。你们还得当心猫儿呢！”

这样，他们就到养鸡场里来了。场里响起了一阵可怕的喧闹声，因为有两个家族正在争夺一个鳝鱼头，结果是猫儿把它抢走了。

“你们瞧，世界就是这个样子！”鸭妈妈说。她的嘴流了一点涎水，因为她也想吃那个鳝鱼头。“现在使用你们的腿吧！”她说，“你们拿出精神来。你们如果看到那儿的一个老母鸭，你们就得把头低下来，因为她是这儿最有声望的人。她有西班牙的血统——她长得非常胖。你们看，她的腿上有一块红布条。这是一件非常出色的东西，也是一个鸭子可能得到的最大光荣：它的意义很大，说明人们不愿意失去她，动物和人统统都得认识她。打起精神来吧——不要把腿缩进去。一个有很好教养的鸭子总是把腿摆开的，像爸爸和妈妈一样。好吧，低下头来，说‘嘎’呀！”

他们这样做了。别的鸭子站在旁边看着，同时用相当大的声音说：

“瞧！现在又来了一批找东西吃的客人，好像我们的人数还不够多似的！呸！瞧那只小鸭的一副丑相！我们真看不惯！”于是马上有一只鸭子飞过去，在他的脖颈上啄了一下。

“请你们不要管他吧，”鸭妈妈说，“他并不伤害谁呀！”

“对，不过他长得太大，太特别了，”啄过他的那只鸭子说，“因此他必须挨打！”

“那个母鸭的孩子都很漂亮，”腿上有一条红布的老母鸭说，“他们都很漂亮，只有一只是例外。这真是可惜。我希望能把他再孵一次。”

“那可不能，太太，”鸭妈妈回答说，“他不好看，但是他的脾气非常好。他游起水来也不比别人差——我还可以说，他游得比别人好呢。我想他会慢慢长得漂亮的，或者到适当的时候，他也可能缩小一点。他在蛋里躺得太久了，因此他的模样有点不太自然。”她说着，同时在他的脖颈上啄了一下，把他的羽毛理了一理。“不过，他是一只公鸭，”她说，“所以关系也不太大。我想他的身体很结实，将来总会自己找到出路的。”

“别的小鸭倒很可爱，”老母鸭说，“你在这儿不要客气。如果你找到鳝鱼头，请把它送给我好了。”

他们现在在这儿，就像在自己家里一样。

不过，从蛋壳里爬出的那只小鸭太丑了，到处挨打，被排挤，被讥笑，不仅在鸭群中是这样，连在鸡群中也是这样。

“他真是又粗又大！”大家都说。有一只雄吐绶鸡生下来脚上就有距，因此他自以为是一个皇帝。他把自己吹得像一条鼓满了风的帆船，来势汹汹地向那只丑小鸭走来，瞪着一双大眼睛，脸涨得通红。这只可怜的小鸭不知道该站在什么地方，或者走到什么地方去好。他觉得非常悲哀，因为自己长得那么丑陋，而且成了全体鸡鸭的一个嘲笑对象。

这是头一天的情形，后来一天比一天糟。大家都要赶走这只可怜的小鸭，连他自己的兄弟姊妹也对他生起气来。他们老是说：“你这个丑妖怪，希望猫儿把你抓去才好！”于是妈妈也说起来："我希望你走远些！"鸭儿们啄他，小鸡打他，喂鸡鸭的那个女用人用脚来踢他。

于是他飞过篱笆逃走了。灌木林里的小鸟一见到他，就惊慌地向空中飞去。这是因为我太丑了！小鸭想。于是他闭起眼睛，继续往前跑。他一口气跑到一块住着野鸭的沼泽地里。他在这儿躺了一整夜，因为他太累了，太丧气了。

天亮的时候，野鸭都飞回来了。他们瞧了瞧这位新来的朋友。

"你是谁呀？"他们问。小鸭一下转向这边，一下转向那边，尽量对大家恭恭敬敬地行礼。

"你真是丑得厉害，"野鸭们说，"不过只要你不跟我们族里任何鸭子结婚，对我们倒也没有什么大的关系。"可怜的小东西！他根本没有想到什么结婚，他只希望人家准许他躺在芦苇里，喝点沼泽的水就够了。

他在那儿躺了两天。后来有两只雁——严格地讲，应该说是两只公雁，因为他们是两个雄的——飞来了。他们从蛋壳里爬出来还没有多久，因此非常顽皮。

"听着，朋友，"他们说，"你丑得可爱，连我们都禁不住要喜欢你了。你做一只候鸟，跟我们一块儿飞走好吗？有一块沼泽地离这儿很近，那里有好几只活泼可爱的雁儿。她们都是小姐，都会说：'嘎！'你是那么丑，可以在她们那儿碰碰你的运气！"

"噼！啪！"天空中发出一阵响声。这两只公雁应声落到芦苇里，死了，把水染得鲜红。“噼！啪！”又是一阵响声。整群的雁儿都从芦苇里飞起来，于是又一阵枪声响起来了。原来有人在大规模地打猎。猎人都埋伏在这沼泽地的周围，有几个人甚至坐在伸到芦苇上空的树枝上。蓝色的烟雾像云块似的笼罩着这些黑树，慢慢地在水面上向远方飘去。这时，猎狗都扑通扑通地在泥泞里跑过来，灯芯草和芦苇向两边倒去。这对于可怜的小鸭来说真是可怕的事情！他把头转过来，藏在翅膀里。正在这时候，一只骇人的大猎狗紧紧地站在小鸭的身边。狗的舌头从嘴里伸出很长，眼睛发出可怕的光，还把鼻子顶到这小鸭的身上，露出了尖牙齿，可是——扑通！扑通！——狗跑开了，没有把他抓走。

“啊，谢谢老天爷！”小鸭叹了一口气，“我丑得连猎狗也不咬我了！”

他安静地躺下来。枪声还在芦苇里响着，枪弹一发接着一发地射出来。

天快要暗的时候，四周才静下来。可是这只可怜的小鸭还不敢站起来。他等了好几个钟头，才敢向四周望一眼，于是，他急忙跑出这块沼泽地，拼命地跑，向田野上跑，向牧场上跑。这时吹起一阵狂风，使他跑起来非常困难。

到天黑的时候，他来到一个简陋的农家小屋。它是那么残破，甚至不知道应该向哪一边倒才好——它也就没有倒。狂风在小鸭身边号叫得非常厉害，他只好面对着狂风坐下来。风越吹越凶。他看到那门上的铰链有一个已经松了，门也歪了，他可以从空隙钻进屋里去。

屋子里有一个老太婆和她的猫儿，还有一只母鸡住在一起。她把这只猫儿叫“小儿子”。猫儿能把背拱得很高，发出“咪咪”的叫声；他的身上还能迸出火花，不过要他这样做，你就得倒摸他的毛。母鸡的腿又短又小，因此她叫“短腿鸡儿”。她生下的蛋很好，所以老太婆爱她爱得像自己的亲生孩子一样。

第二天早晨，人们马上注意到了这只来历不明的小鸭。那只猫儿开始“咪咪”地叫，那只母鸡也“咯咯”地喊起来。

“这是怎么回事儿？”老太婆说，同时朝四周看。不过她的眼睛有点花，所以她以为小鸭是一只肥鸭，走错了路，才跑到这儿来了。“这真是少有的运气！”她说，“现在我可以有鸭蛋了。我只希望他不是一只公鸭才好！我们得弄个清楚！”

这样，小鸭就在这里受了三个星期的考验，可是他什么蛋也没有生下来。那只猫儿是这家的绅士，那只母鸡是这家的太太，所以他们一开口就说：“我们和这世界！”因为他们以为他们就是半个世界，而且还是最好的那一半呢。小鸭觉得自己可以有不同的看法，但是他的这种态度，母鸡却忍受不了。

“你能生蛋吗？”她问。

“不能！”

“那么就请你不要发表意见。”

于是猫儿说：“你能拱起背，发出咪咪的叫声和迸出火花吗？”

“不能！”

“那么，当有理智的人在讲话的时候，你就没有发表意见的必要！”

小鸭坐在一个墙角里，心情非常不好。这时他想起了新鲜空气和阳光。他突然有一种奇怪的念头：他想到水里去游泳。最后他实在忍不住了，不得不把心事对母鸡说出来。

“你在起什么念头？”母鸡问，“你没有事情可干，所以才有这些怪念头。你只要生几个蛋，或者‘咪咪’地叫几声，那么你这些怪念头也就没有了。”

“不过，在水里游泳是多么痛快呀！”小鸭说，“让水淹在你的头上，往水底一钻，那是多么痛快呀！”

“是的，那一定很痛快！”母鸡说，“你简直在发疯。你去问问猫儿吧——在我所认识的一切朋友当中，他是最聪明的——你去问问他喜不喜欢在水里游泳，或者钻进水里去。我先不讲我自己。你去问问你的主人——那个老太婆吧，世界上再也没有比她更聪明的人了！你以为她想去游泳，让水淹过她的头顶吗？”

“你们不了解我。”小鸭说。

“我们不了解你？那么请问谁了解你呢？你绝不会比猫儿和女主人更聪明吧——我先不提我自己。孩子，你不要自以为了不起吧！你现在得到这些照顾，应该感谢。你住在一个温暖的屋里，有了一些朋友，而且还可以向他们学习很多的东西，不是吗？不过你是一个废物，跟你在一起真不痛快。你可以相信我，我对你说这些不好听的话，完全是为了帮助你呀。只有这样，你才知道谁是你真正的朋友！请你注意学习生蛋，或者

‘咪咪’地叫，或者迸出火花吧！”

“我想我还是走到广大的世界上去好。”小鸭说。

“好吧，你去吧！”母鸡说。

于是小鸭就走了。他一会儿在水上游，一会儿钻进水里去，不过，因为他的样子丑，所有的动物都瞧不起他。秋天到来了。树林里的叶子变成了黄色和棕色，风卷起它们，把它们带到空中飞舞，而空中是很冷的。云块沉重地载着冰雹和雪花，低低地悬着。乌鸦站在篱笆上，冻得只管叫：“呱！呱！”是的，你只要想想这情景，就会觉得冷了。这只可怜的小鸭的确没有舒服的时候。

一天晚上，当太阳正在美丽晚霞中落下去的时候，有一群漂亮的大鸟从灌木林里飞出来，小鸭从来没有看到过这样美丽的东西。他们白得发亮，颈项又长又柔软，这就是天鹅。他们发出一种奇异的叫声，展开美丽的长翅膀，从寒冷的地带飞向温暖的国度，飞向不结冰的湖上去。

他们飞得很高——那么高，丑小鸭不禁感到一种说不出的兴奋。他在水上像一个车轮似的不停地旋转着，同时把自己的颈项高高地向他们伸着，发出一种响亮的怪叫声，连他自己也害怕起来。啊！他再也忘记不了这些美丽的鸟儿，这些幸福的鸟儿。当他看不见他们的时候，他就沉入水底，但是当他再冒出水面的时候，却感到非常空虚。他不知道这些鸟儿的名字，也不知道他们要向什么地方飞去。不过他爱他们，好像他从来还没有爱过什么东西似的。他并不嫉妒他们，他怎能梦想有他们那样美丽呢？只要别的鸭儿准许他跟他们生活在一起，他就已经很满意了——可怜的丑东西。

冬天变得很冷，非常冷！小鸭不得不在水上游来游去，免得水面完全冻结成冰。但是他游动的这个小范围，一天比一天缩小。水冻得厉害，人们可以听到冰块的碎裂声。小鸭只好用他的一双腿不停地游动，免得水完全被冰封闭。最后，他终于昏倒了，躺着动也不动，跟冰块结在一起。

大清早，有一个农民从这儿经过。他看到了这只小鸭，就走过去用木屐把冰块踏破，然后把他抱回来，送给他的女人。小鸭这时才渐渐地恢复了知觉。

小孩子们都想要跟他玩，不过小鸭以为他们想要伤害他。他一害怕就跳到牛奶盘里去了，把牛奶溅得满屋子都是。女人惊叫起来，拍着双手。这么一来，小鸭就飞到黄油盆里去了，然后又飞进面粉桶里去了，最后才爬出来。这时他的样子才好看呢！女人尖声叫起来，拿着火钳要打他。小孩们挤作一团，想抓住这小鸭。他们又是笑，又是叫！——幸好大门是开着的。他钻进灌木林中新下的雪里去。他躺在那里，几乎像昏倒了一样。

要是只讲他在这严冬所受的困苦和灾难，那么这个故事也就太悲惨了。当太阳又开始温暖地照着大地的时候，他正躺在沼泽地的芦苇里。百灵鸟唱起歌来了——这是一个美丽的春天。

忽然间他举起翅膀，翅膀拍起来比以前有力得多，马上就把他托起来飞走了。他不知不觉地已经飞进了一座大花园。这儿苹果树正开着花；紫丁香在散发着香气，它又长又绿的枝条垂到弯弯曲曲的溪流上。啊，这儿美极了，充满了春天的气息！三只美丽的白天鹅从树荫里一直游到他面前来。他们轻飘飘地浮在水上，羽毛发出嗖嗖的响声。小鸭认出这些美丽的动物，心里感到一种说不出的难过。

“我要飞向他们，飞向这些高贵的鸟儿！可是他们会把我弄死的，因为我是这样丑，居然敢接近他们。不过这没有什么关系！被他们杀死，要比被鸭子咬、被鸡群啄、被看管养鸡场的那个女用人踢和在冬天受苦好得多！”于是他飞到水里，向这些美丽的天鹅游去。这些动物看到他，马上竖起羽毛向他游来。“请你们弄死我吧！”这只可怜的动物说。他把头低低地垂到水面，只等待着死。但是他在这清澈的水面看到了什么呢？他看到了自己的倒影。但那不再是一只粗笨的、深灰色的、又丑又令人讨厌的鸭子，而是——一只天鹅！

只要你曾经在一只天鹅蛋里待过，就算你生在养鸭场里也没有什么关系。

对于他过去所受的不幸和苦恼，他现在感到非常高兴。他现在清楚地认识到幸福和美好正在向他招手。许多大天鹅在他周围游泳，用嘴来亲他。

花园里来了几个小孩子。他们向水上抛来许多面包片和麦粒。最小的那个孩子喊道：

“你们看那只新天鹅！”

别的孩子也兴高采烈地叫起来：“是的，又来了一只新的天鹅！”于是他们拍着手，跳起舞来，向他们的爸爸和妈妈跑去。他们抛了更多的面包和糕饼到水里，同时大家都说：“这新来的一只最美！那么年轻，那么好看！”那些老天鹅不禁在他面前低下头来。

他感到非常难为情。他把头藏到翅膀里面去，不知道怎么办才好。他感到太幸福了，但他一点也不骄傲，因为一颗好的心是永远不会骄傲的。他想起他曾经怎样被人迫害和讥笑过，而他现在却听到大家说他是美丽的鸟中最美丽的一只。紫丁香在他面前把枝条垂到水里去。太阳照得很温暖，他很愉快。他扇动翅膀，伸直细长的颈项，从内心里发出一个快乐的声音：

“当我还是一只丑小鸭的时候，我做梦也没有想到会有这么多的幸福！”

豌豆上的公主

从前有一位王子，他想找一位公主结婚，但是她必须是一位真正的公主。为此他走遍了全世界，想寻到这样的一位公主。可是无论到什么地方，他总是会碰到一些障碍。公主倒有的是，不过他没有办法断定她们究竟是不是真正的公主。她们总是有些地方不大对头。结果他只好失望而归，心中很不快活，

因为他是那么渴望着得到一位真正的公主。

有一天晚上，忽然下起了一阵可怕的暴风雨。天空在打闪电，在打雷，在下着大雨。这真有点使人害怕！这时有人在敲城门。老国王就走过去开门。

站在城门外的是一位公主。可是，天哪！经过了风吹雨打以后，她的样子是多么难看啊！水沿着她的头发和衣服向下流，流进鞋尖，又从脚跟流出来。她说她是一个真正的公主。

是的，这点我们马上就可以考查出来。老王后心里想，可是她什么也没有说。她走进卧房，把所有的被褥都搬开，在床榻上放了一粒豌豆。然后她取出二十床垫子，把它们压在豌豆上，随后她又在这些垫子上放了二十床鸭绒被。

这位公主夜里就睡在这些东西上面。

早晨，大家问她昨晚睡得怎样。

“啊，不舒服极了！”公主说，“我差不多整夜没有合上眼！天晓得我床上有件什么东西？我睡到一块很硬的东西上面，弄得我全身发青发紫。这真怕人！”

现在大家就看出来了，她是一位真正的公主，因为压在这二十床垫子和二十床鸭绒被下面的一粒豌豆，她居然还能感觉得出来。除了真正的公主以外，任何人都不会有这么嫩的皮肤的。

所以那位王子就选她为妻子了，因为他知道自己得到了一位真正的公主。这粒豌豆也因此被送进了博物馆。如果没有人把它拿走的话，人们现在还可以在那儿看到它呢。

请注意，这是一个真的故事。

皇帝的新装

许多年前，有一位皇帝，他非常喜欢穿好看的新衣服。他为了穿得漂亮，把所有的钱都花到衣服上了，他一点也不关心他的军队，也不喜欢去看戏。除非是为了炫耀一下他的新衣服，他也不喜欢乘马车逛公园。他每天每个钟头要换一套新衣服。人们提到皇帝时总是说："皇上在更衣室里。"

在他住的那个大城市里，生活很轻松、很愉快，每天有许多外国人到来。有一天来了两个骗子。他们说自己是织工，能织出谁也想象不到的最美丽的布。这种布的色彩和图案不仅非常好看，而且用它缝出来的衣服还有一种奇异的作用，那就是凡是不称职的人或者愚蠢的人，都看不见这衣服。

那正是我最喜欢的衣服！皇帝心里想。我穿了这样的衣服，就可以看出我的国家里哪些人不称职；我就可以辨别出哪些人是聪明人，哪些人是傻子。是的，我要叫他们马上织出这样的布来！他付了许多现款给这两个骗子，叫他们马上开始工作。

他们摆出两架织机来，装作是在工作的样子，可是他们的织机上什么东西也没有。他们接二连三地请求皇帝发一些最好的生丝和金子给他们。他们把这些东西都装进自己的腰包，却假装在那两架空空的织机上忙碌地工作，一直忙到深夜。

我很想知道他们究竟织得怎样了，皇帝想。不过，他立刻就想起了愚蠢的人或不称职的人是看不见这布的。他心里的确感到有些不大自在。他相信他自己是用不着害怕的。虽然如此，他还是觉得先派一个人去看看比较妥当。全城的人都听说过这种布料有一种奇异的力量，所以大家都很想趁这机会来测验一下，看看他们的邻人究竟有多笨，有多傻。

我要派诚实的老部长到织工那儿去看看，皇帝想。只有他能看出这布料是个什么样子，因为他这个人很有头脑，而且谁也比不上他那样称职。

这位善良的老部长就到那两个骗子的工作地点去了。他们正在空空的织机上忙忙碌碌地工作。

这是怎么一回事？老部长想，他把眼睛睁得有碗口那么大。

我什么东西也没有看见！但是他不敢把这句话说出来。

那两个骗子请求他走近一点，同时指着那两架空空的织机问他，布的花纹是不是很美丽？色彩是不是很漂亮？这位可怜的老大臣的眼睛越睁越大，可是他还是看不见什么东西，因为的确没有什么东西可看。

我的老天爷！他想。难道我是一个愚蠢的人吗？我从来没有怀疑过我自己。我决不能让人知道这事。难道我不称职吗？——不成，我决不能让人知道我看不见布料。

“哎，你一点意见也没有吗？”一个正在织布的织工说。

“啊，美极了！真是美妙极了！”老大臣说。他戴着眼镜仔细地看。“多么美的花纹！多么美的色彩！是的，我将要呈报皇上，说我对这布感到非常满意。”

“嗯，我们听到您的话真高兴！”两个织工一齐说。他们把这些稀有的色彩和花纹描述了一番，还加上些名词儿。这位老大臣认真地听着，以便回到皇帝那里去时，可以照样背出来。事实上他也就这样办了。

这两个骗子又要了很多的钱，更多的丝线和金子，他们说这是为了织布的需要。他们把这些东西全装进自己的腰包里，连一根线也没有放到织机上去。不过他们还是继续在空空的机架上工作。

过了不久，皇帝派了另一位诚实的官员去看看，布是不是很快就可以织好。他的运气并不比头一位大臣的好：他看了又看，但是那两架空空的织机上什么也没有，他什么东西也看不出来。

“你看这块布美不美？”两个骗子问。他们指着一些美丽的花纹，并且做了一些解释。事实上什么花纹也没有。

我并不愚蠢！这位官员想，这大概是因为我不配担当现在这样好的官职吧？这也真够滑稽的，但是我决不能让人看出来！因此他就把他完全没有看见的布称赞了一番，同时对他们说，他非常喜欢这些美丽的颜色和巧妙的花纹。“是的，那真是太美了！”他回去对皇帝说。

城里所有的人都在谈论这美丽的布料。

当这布还在织的时候，皇帝就很想亲自去看一次，他选了一群随员——其中包括那两位已经去看过的诚实的大臣。在随员的陪同下，他到了那两个狡猾的骗子住的地方。那两个家伙正在竭尽全力地织布，但是连一根线的影子也看不见。

“您看这难道不漂亮吗？”那两位诚实的官员说，“陛下请看，多么美丽的花纹！多么美丽的色彩！”他们指着那架空空的织机，因为他们以为别人也一定会承认看得见布料的。

这是怎么一回事儿呢？皇帝心里想。我什么也没有看见！这真是荒唐！难道我是一个愚蠢的人吗？难道我不配做皇帝吗？这真是我从来没有碰见过的一件最可怕的事情。

“啊，它真是美极了！”皇帝说，“我表示十二分地满意！”于是他点头表示满意。他装作很仔细地看着织机的样子，因为他不愿意说出他什么也没有看见。跟他来的全体随员也仔细地看了又看，可是他们什么也没有看见。不过，他们也照着皇帝的话说：“啊，真是美极了！”他们建议皇帝用这种新奇的、美丽的布料做成衣服，穿上这衣服亲自去参加快要举行的游行大典。“真美丽！真精致！真是好极了！”每个人都随声附和着，每个人都有说不出的快乐。皇帝赐给骗子每人一个爵士的头衔和一枚可以挂在纽扣洞上的勋章，并且还封他们为“御聘织师”。

第二天早晨，游行大典就要举行了。在头天晚上，这两个骗子整夜不睡，点起十六支蜡烛。你可以看到他们是在赶夜工，要完成皇帝的新衣。他们装作把布料从织机上取下来。他们用两把大剪刀在空中裁了一阵子，同时又用没有穿线的针缝了一通。最后，他们齐声说：“请看！新衣服缝好了！”

皇帝带着他的一群最高贵的骑士亲自到来了。这两个骗子每人举起一只手，好像他们拿着一件什么东西似的。他们说：“请看吧，这是裤子！这是袍子！这是外衣！”等等。“这衣服轻柔得像蜘蛛网一样，穿着它的人会觉得好像身上没有什么东西似的——这也正是这衣服的妙处。”

“一点也不错。”所有的骑士都说。可是他们什么也没有看见，因为实际上什么东西也没有。

“现在请皇上脱下衣服，”两个骗子说，“我们要在这个大镜子面前为皇上换上新衣。”

皇帝把身上的衣服统统脱光了。这两个骗子装作把他们刚才缝好的新衣服一件一件地交给他。他们在他的腰围那儿弄了一阵子，好像是系上一件什么东西似的，这就是后裾。皇帝在镜子面前转了转身子，扭了扭腰肢。

“天哪，这衣服多么合身啊！式样裁得多么好看啊！”大家都说，“多么美的花纹！多么美的色彩！这真是一套贵重的衣服！”

“大家已经在外面把华盖准备好了，只等陛下一出去，就可撑起来去游行！”典礼官说。

“对，我已经穿好了，”皇帝说，“这衣服合我的身吗？”于是他又在镜子面前把身子转动了一下，因为他要叫大家看出他在认真地欣赏他美丽的服装。

那些将要托着后裾的内臣，都把手在地上东摸西摸，好像他们真的在拾起后裾似的。他们开步走，手中托着空气——他们不敢让人瞧出他们实在什么东西也没有看见。

就这样，皇帝就在那个富丽的华盖下游行起来了。站在街上和窗子里的人都说：“乖乖，皇上的新衣真是漂亮！他上衣下面的后裾是多么美丽！衣服多么合身！”谁也不愿意让人知道自己看不见任何东西，因为这样就会暴露自己不称职，或是太愚蠢。皇帝所有的衣服都从来没有得到这样普遍的称赞。

“可是他什么衣服也没有穿呀！”一个小孩子最后叫出声来。

“你听这个天真的声音！”那孩子的爸爸说。于是大家把这孩子讲的话私下里低声传播开来。

“他并没有穿什么衣服！有一个小孩子说他并没有穿什么

衣服呀！”

“他实在是没有穿什么衣服呀！”最后所有的老百姓都这样说。皇帝为之一震，因为他似乎觉得老百姓所讲的话是对的。不过他自己心里却这样想：我必须把这个游行大典进行完毕。因此他摆出一副更骄傲的神气，他的内臣们跟在他后面走，手中托着一个并不存在的后裾。

打火匣

公路上有一个兵在开步走——一,二！一,二！他背上背着一个行军袋，腰间挂着一把长剑，因为他已经参加过好几次战争，现在要回家去。他在路上碰见一个老巫婆，她是一个非常可憎的人，她的下嘴唇垂到她的胸口。她说 :“晚安，士兵！你的剑真好，你的行军袋真大，你真是一个不折不扣的士兵！

现在你想要多少钱就可以有多少钱了。”

“谢谢你，老巫婆！”士兵说。

“你看到那棵大树吗？”巫婆说，同时指着他们旁边的一棵树。“那里面是空的。如果你爬到它的顶上去，你就可以看见一个洞口。你从那儿朝下一溜，就可以深深地钻进树身里去。我在你腰上系一根绳子，等你喊我的时候，我就可以把你拉上来。”

“我到树底下去干什么呢？”士兵问。

“取钱呀，”巫婆回答说，“你钻进树底下去，就会看到一条宽大的走廊。那儿很亮，因为那里点着一百多盏明灯。你会看到三个门。你可以把它们打开，因为钥匙就在门锁里。你走进第一个房间，可以看到地中央有一口大箱子，箱子上面坐着一只狗，它的眼睛非常大，像一对茶杯。可是你不要管它！我可以把我蓝格子布的围裙给你。你把它铺在地上，然后你就赶快走过去，把那只狗抱起来，放在我的围裙上。于是你就把箱子打开，你喜欢要多少钱就取出多少钱。这些钱都是铜铸的。但是如果你想取银铸的钱，你得走进第二个房间里去。不过那儿坐着一只狗，它的眼睛有水车轮那么大。可是你不要去理它。你把它放在我的围裙上，然后把钱取出来。可是，如果你想得到金子铸的钱，你也可以达到目的。你能拿得动多少就可以拿多少——假如你到第三个房间里去的话。不过坐在这钱箱上的那只狗的一对眼睛，可有‘圆塔’那么大啦。你要知道，它才算得上一只狗啦！可是你一点也不必害怕。你只消把它放在我的围裙上，它就不会伤害你了。你从那个箱子里能取出多少金子，就取出多少来吧。”

“这倒很不坏，”士兵说，“不过我拿什么东西来酬谢你呢，老巫婆？我想你不会什么也不要吧。”

“不要，”巫婆说，“我一个铜板也不要。我只要你替我把那个旧打火匣取出来。那是我祖母上次忘在那里面的。”

“好吧！请你把绳子系到我腰上吧。”士兵说。

“好吧，”巫婆说，“把我的蓝格子围裙拿去吧。”

士兵爬上树，一下子就溜进那个洞口里去了。正如老巫婆说的，他现在来到了点着几百盏灯的一条大走廊里。

他打开第一道门。哎呀！果然有一条狗坐在那儿。眼睛有茶杯那么大，直瞪着他。

“你这个好家伙！”士兵说。于是他就把它抱到巫婆的围裙上。然后他就取出了许多铜板，他的衣袋能装多少就装多少。他把箱子锁好，把狗儿又放到上面，于是他就走进第二个房间里去。哎呀！这儿坐着一只狗，眼睛大得简直像一对水车轮。

“你不应该这样死盯着我，”士兵说，“这样你就会弄坏你的眼睛啦。”他把狗儿抱到女巫的围裙上。当他看到箱子里有那么多的银币的时候，他就把他所有的那些铜板全扔掉，把自己的衣袋和行军袋全装满了银币。随后他就走进第三个房间——乖乖，这可真有点骇人！这儿的一只狗，两只眼睛果真有“圆塔”那么大！它们在它脑袋上转动着，简直像轮子！

“晚安！”士兵说。他把手举到帽子边上行了个礼，因为他以前从来没有看见过这样的狗儿。不过，他对它瞧了一会儿，心里就想，现在差不多了。他把它抱下来放在地上。他打开了箱子。老天爷呀！那里面的金子真够多！他可以用这金子把整个哥本哈根买下来；他可以把卖糕饼女人所有的糖猪都买下来；他可以把全世界的锡兵啦，马鞭啦，摇动的木马啦，全部都买下来。是的，钱可真是不少——士兵把他衣袋和行军袋里满装着的银币全都倒出来，把金子装进去。是的，他的衣袋、他的行军袋、他的帽子、他的皮靴全都装满了，他几乎走不动了。现在他的确有钱了。他把狗儿又放到箱子上去，锁好了门，在树里朝上面喊一声："把我拉上来呀，老巫婆！"

"你取到打火匣没有？"巫婆问。

"一点也不错！"士兵说，"我把它忘得一干二净。"于是他又走下去，把打火匣取来。巫婆把他拉了出来。所以他现在又站在大路上了。他的衣袋、皮靴、行军袋、帽子，全都盛满了钱。

"你要这打火匣有什么用呢？"士兵问。

"这与你没有什么相干，"巫婆反驳他说，"你已经得到了钱——你只消把打火匣交给我就好。"

"废话！"士兵说，"你要它有什么用，请你马上告诉我。不然我就抽出剑来，把你的头砍掉。"

"我可不能告诉你！"巫婆说。

士兵一下子就把她的头砍掉了。她倒了下来！他把他所有的钱包在她的围裙里，像一捆东西似的背在背上，然后他就把那个打火匣放在衣袋里，一直向城里走去。

这是一个顶漂亮的城市！他住进一个最好的旅馆里去，开了最舒服的房间，叫了他最喜欢的酒菜，因为他现在发了财，有的是钱。替他擦皮靴的那个茶房觉得，像他这样一位有钱的绅士，他的这双皮鞋真是旧得太滑稽了。但是新的他还来不及买。第二天，他买到了合适的靴子和漂亮的衣服。现在我们的这位士兵成了一个焕然一新的绅士了。大家把城里所有的事情都告诉他，告诉他关于国王的事情，告诉他国王的女儿是一位非常美丽的公主。

“在什么地方可以看到她呢？”士兵问。

“谁也不能见到她的，”大家齐声说，“她住在一幢宽大的铜宫里，周围有好几道墙和好几座塔。只有国王本人才能在那儿自由进出，因为曾经有过一个预言，说她将会嫁给一个普通的士兵，这可叫国王忍受不了。”

我倒想看看她呢。士兵想。不过他得不到许可。

他现在生活得很愉快，常常到戏院去看戏，到花园里去逛逛，送许多钱给穷苦的人们。这是一种良好的行为，因为他自己早已体会到，没有一文钱是多么可怕的事情！现在他有钱了，有华美的衣服穿，交了很多朋友。这些朋友都说他是一个稀有的人物，一位豪侠之士。这类话使这个士兵听起来非常舒服。不过他每天只是把钱花出去，却赚不进一个来。所以最后他只剩下两个铜板了。因此他就不得不从那个漂亮房间里搬出来，住到屋顶下的一间阁楼里去。同时他也只好自己擦自己的皮鞋，自己用针缝补自己的皮鞋了。他的朋友谁也不来看他了，因为走上去要爬很高的梯子。

有一天晚上，天很黑，他连一根蜡烛也买不起。这时他忽然记起，他还有一根烛头装在那个打火匣里——巫婆帮助他到那空树底下取出来的那个打火匣。他把那个打火匣和烛头取出来。当他在火石上擦了一下、火星一冒出来的时候，房门就自动地开了，他在树底下看到的那条眼睛有茶杯大的狗儿就在他面前出现了。它说：

“我的主人，有什么吩咐？”

“这是怎么一回事儿？”士兵说，“这真是一个滑稽的打火匣。如果我能这样得到我想要的东西倒好呢！替我弄几个钱来吧！”他对狗儿说。于是“嘘”的一声，狗儿就不见了。一会儿，又是“嘘”的一声，狗儿嘴里叼着一大口袋的钱回来了。

现在士兵才知道这是一个多么美妙的打火匣。只要他把它擦一下，那只狗儿就来了，坐在盛有铜钱的箱子上。要是擦它两下，那只有银子的狗儿就来了。要是擦三下，那只有金子的狗儿就出现了。现在这个士兵又搬到华美的房间里去住，又穿起漂亮的衣服来了。他所有的朋友马上又认得他了，并且还非常关心他。

有一次他想：人们不能去看那位公主，也可算是一桩怪事。大家都说她很美。不过，假如她老是独自住在那有许多塔的铜宫里，那有什么意思呢？难道我就不能看她一眼吗？——我的打火匣在什么地方？他擦出火星，立刻响起了“嘘”的一声，那只眼睛像茶杯一样的狗儿就跳出来了。

“现在是半夜了，一点也不错，”士兵说，“不过我倒很想看一下那位公主哩，哪怕一会儿也好。”

狗儿立刻就跑到门外去了。出乎这士兵的意料，它一会儿就领着公主回来了。她躺在狗的背上，已经睡着了。谁都可以看出她是一个真正的公主，因为她非常好看。这个士兵忍不住吻了她一下。

狗儿又带着公主回去了。但是天亮以后，当国王和王后正在饮茶的时候，公主说她晚上做了一个很奇怪的梦，梦见一只狗和一个兵，她骑在狗身上，那个兵吻了她一下。

“这倒是一个很好玩的故事呢！”王后说。

因此，第二天夜里，有一个老宫女就守在了公主的床边，来看看这究竟是梦呢，还是真有此事。

那个士兵非常想再看一次这位可爱的公主。因此狗儿晚上又来了，背起她，尽快地跑走了。那个老宫女立刻穿上她的水鞋，在后面以同样的速度追赶。当她看到他们跑进一幢大房子里去的时候，她想：我现在可知道这个地方了。她就在这门上用白粉笔画了一个大“十”字。随后她就回去睡觉了，不久狗儿把公主送回来了。不过，当它看见士兵住的那间房子的门上画有一个“十”字的时候，它也取一支粉笔来，在城里所有的门上都画了一个“十”字。这件事做得很聪明，因为所有的门上都有了“十”字，那个老宫女就找不到正确的地方了。

早晨，国王、王后、那个老宫女以及所有的官员很早就都来了，要去看看公主所到过的地方。

当国王看到第一个画有“十”字的门的时候，他说：“就在这儿！”

但是王后发现另一个门上也有“十”字，所以她说：“亲爱的丈夫，是不是在这儿呀？”

这时大家都齐声说：“那儿有一个！那儿有一个！”因为他们无论朝什么地方看，都发现门上画有“十”字。所以他们觉得，如果再找下去，也不会得到什么结果。

但是王后是一个非常聪明的女人。她不仅会坐四轮马车，她还能做一些别的事情。她从卧室取出一把金剪刀，把一块绸子剪成几片，缝了一个很精致的小袋，在袋里装满了很细的荞麦粉。她把这小袋系在公主的背上。这样布置好了以后，她就在袋子上剪了一个小口，好叫公主走过的路上，都撒上细粉。

晚间狗儿又来了。它把公主背到背上，带着她一起跑到士兵那儿去。这个士兵现在非常爱她，他倒很想成为一位王子，以便和她结婚呢。

狗儿完全没有注意到，面粉已经从皇宫那儿一直撒到士兵那间屋子的窗上——它就是在这儿背着公主沿着墙爬进去的。早晨，国王和王后已经看得很清楚，他们的女儿曾经到什么地方去过。他们把那个士兵抓来，关进牢里。

他现在坐在牢里了。嗐，那里面可够黑暗和闷人的！人们对他说：“明天你就要上绞架了。”这句话听起来可真不是好玩的，而且他把打火匣也忘在旅馆里。第二天早晨，他从小窗的铁栏杆里望见许多人涌出城来看他上绞架。他听到鼓声，看到士兵们开步走。所有的人都在向外面跑。在这些人中间有一个鞋匠的学徒。他还穿着干活时的皮围裙和一双拖鞋。他跑得那么快，连他的一双拖鞋也飞走了，撞到一堵墙上。那个士兵就坐在那儿，在铁栏杆后面朝外望。

“喂，你这个鞋匠的小鬼！你不要这么急呀！”士兵对他说，“在我没有到场以前，没有什么好看的呀。不过，假如你跑到我住的那个地方去，把我的打火匣取来，我可以给你四块钱。但是你得使劲地跑一下才行。”这个鞋匠的学徒很想得到那四块钱，所以他抬起脚就跑，把那个打火匣取来，交给这士兵，同时——嗯，我们马上就可以知道事情起了什么变化。

在城外面，一架高大的绞架已经竖起来了。它的周围站着许多士兵和成千上万的老百姓。国王和王后，面对着审判官和全部陪审的人员，坐在一个华丽的王座上面。

那个士兵已经站到梯子上来了。不过，当人们正要把绞索套到他脖子上的时候，他说，一个罪人在接受他的判决以前，可以有一个无罪的要求，人们应该让他得到满足：他非常想抽一口烟，而且这可以说是他在这世界上抽的最后一口烟了。

对于这个要求，国王也不愿意说个“不”字。所以士兵就取出了他的打火匣，擦了几下火。一——二——三！忽然三只狗儿都跳出来了——一只有茶杯那么大的眼睛，一只有水车轮那么大的眼睛，还有一只的眼睛简直有“圆塔”那么大。

“请帮助我，不要让我被绞死！”士兵说。

这时这三只狗儿就向法官和全体审判的人员扑来，拖着这个人的腿，咬着那个人的鼻子，把他们扔向空中有好几丈高，他们落下来时都摔成了肉酱。

“不准这样对付我！”国王说。但最大的那只狗儿还是拖住他和他的王后，把他们跟其余的人一起乱扔，所有的士兵都害怕起来，老百姓也都叫起来：“小兵，你做咱们的国王吧！你跟那位美丽的公主结婚吧！”

就这样，大家把这个士兵拥进国王的四轮马车里去。那三只狗儿就在他面前跳来跳去，同时高呼：“万岁！”小孩子用手指吹起口哨来；士兵们敬起礼来。那位公主走出她的铜宫，做了王后，感到非常满意。结婚典礼足足举行了八天。那三只狗儿也上桌子坐了，把眼睛睁得比什么时候都大。

小意达的花

“我的可怜的花儿都已经死了！”小意达说，“昨天晚上它们还是那么美丽，现在它们的叶子却都垂下来了，枯萎了。它们为什么要这样呢？”她问一个坐在沙发上的学生，因为她很喜欢他。他会讲一些非常动人的故事，会剪出一些很有趣的图案：小姑娘在一颗心房里跳舞的图案，花朵的图案，还有一

个门可以自动打开的大宫殿的图案。他是一个快乐的学生。

“为什么花儿今天显得这样没有精神呢？”她又问，同时把一束已经枯萎了的花指给他看。

“你可知道它们做了什么事情！”学生说，“这些花儿昨夜去参加过一个舞会啦，因此它们今天就把头垂下来了。”

“可是花儿并不会跳舞呀。”小意达说。

“嗨，它们可会跳啦，”学生说，“天一黑，我们睡了以后，它们就兴高采烈地围着跳起来。差不多每天晚上它们都有一个舞会。”

“小孩子可不可以去参加这个舞会呢？”

“当然可以的，”学生说，“小小的雏菊和铃兰花都可以的。”

“这些顶美丽的花儿在什么地方跳舞呢？”小意达问。

“你到城门外的那座大宫殿里去过吗？国王在夏天就搬到那儿去住，那儿有最美丽的花园，里面有各种各样的花。你看到过那些天鹅吗？当你要抛给它们面包屑的时候，它们就向你游来。美妙的舞会就是在那儿举行的，你相信我的话吧。”

“我昨天就和妈妈到那个花园里去过，”小意达说，“可是那儿树上的叶子全都落光了，而且一朵花儿都没有！它们到什么地方去了呀？我在夏天看到过那么多的花。”

“它们都搬进宫里去了呀，”学生说，“你要知道，等到国王和他的臣仆们迁到城里去以后，这些花儿就马上从花园跑进宫里去，在那儿欢乐地玩起来。你应该看看它们那副样儿才好。那两朵顶美丽的玫瑰花自己坐上王位，做起花王和花后来。所有的红鸡冠花都排在两边站着，弯着腰行礼。它们就是花王的侍从。各种好看的花儿都来了，于是一个盛大的舞会也就开始了。蓝色的紫罗兰就是小小的海军学生。它们把风信子和番红花称为小姐，跟她们一起跳起舞来。郁金香和高大的卷丹花就是老太太。她们在旁监督，要舞会开得好，要大家都守规矩。”

“不过，”小意达问，“这些花儿在国王的宫里跳起舞来，难道就没有人来干涉它们吗？”

“因为没有谁真正知道这件事情呀，”学生说，“当然啰，有时那位年老的宫殿管理人夜间到那里去，因为他得在那里守夜。他带着一大把钥匙。可是当花儿一听到钥匙响的时候，它们马上就静下来，躲到那些长窗帘后面去，只是把头偷偷地伸出来。那位老管理人只是说，‘我闻到这儿有点花香’，但是他却看不见它们。”

“这真是滑稽得很！”小意达说，拍着双手。“那我可不可以瞧瞧这些花儿呢？”

“可以的，”学生说，“你去的时候，只要记住偷偷朝窗子看一眼，就可以瞧见它们。今天我就是这样做的。有一朵长长的黄水仙花懒洋洋地躺在沙发上。她满以为自己是一位宫廷的贵妇人呢！”

“植物园的花儿也可以到那儿去吗？它们能走那么远的路吗？”

“能的，这点你可以放心，”学生说，“假如它们愿意的话，它们还可以飞呢。你看到过那些红的、黄的、白的蝴蝶吗？它们看起来差不多像花朵一样。它们本来就是花朵呀。它们曾经从花枝上高高地跳向空中，拍着它们的花瓣，好像这就是小小的翅膀似的。这么着，它们就飞起来啦。因为它们很有礼貌，所以它们得到许可也能在白天飞。它们不必再回到家里去，死死地待在花枝上了。这样，它们的花瓣最后也就变成真正的翅膀了。这些东西你已经亲眼看过。很可能植物园的花儿从来没有到国王的宫里去过，而且很可能它们完全不知道那儿晚间是多么有趣。嗯，我现在可以教你一件事，准叫那位住在这附近的植物学教授感到非常惊奇。你认识他，不是吗？下次你走到他的花园里去的时候，请你给一朵花带个信，说是宫里有人在开一个盛大的舞会。那么这朵花就会转告所有别的花儿，于是它们就会全部飞走的。等那位教授走到花园来的时候，他将一朵花也看不见。他绝猜不出花儿都跑到什么地方去了。”

“不过，花儿怎么会互相传话呢？花儿是不会讲话的呀。”

“当然啰，它们是不会讲话的，”学生回答说，“不过它们会表情呀。你一定注意到，当风在微微吹动着的时候，花儿就点起头来，摇着它们所有的绿叶子。这些姿势它们都明白，跟讲话一样。”

“那位教授能懂得它们的表情吗？”意达问。

“当然懂得。有一天早晨他走进他的花园，看到一棵有刺的大荨麻正在那儿用它的叶子对美丽的红荷兰石竹花打着手势。它是在说：‘你是那么美丽，我多么爱你呀！’可是老教授看不惯这类的事儿，于是就马上在荨麻的叶子上打了一巴掌，因为叶子就是它的手指。不过这样他就被刺痛了，所以从此以后他再也不敢碰一下荨麻了。”

“这倒很滑稽。”小意达说，同时大笑起来。

“居然把这类的事儿灌进一个孩子的脑子里去！”一位怪

讨厌的枢密顾问官说。他这时恰好来拜访，坐在一个沙发上。他不太喜欢这个学生。当他一看到这学生剪出一些滑稽好笑的图案时，他就要发牢骚。这些图案有时代表一个人吊在绞架上，手中捧着一颗心，表示他曾偷过许多人的心；有时代表一个老巫婆，把自己的丈夫放在自己的鼻梁上，自己骑着一把扫帚飞行。这位枢密顾问官看不惯这类的东西，所以他常常喜欢说刚才那样的话："居然把这样的怪想法灌进一个孩子的脑子里去，全是些没有道理的幻想！"

不过，学生所讲的关于她的花儿的事情，小意达感到非常有趣。她在这个问题上想了很久。花儿垂下了它们的头，因为它们跳了通宵的舞，很疲倦了。无疑，它们是病倒了。所以她就把它们带到她的一些别的玩具那儿去。这些玩具是放在一个很好看的小桌上的，抽屉里面装的全是她心爱的东西。她的玩具苏菲亚正睡在玩偶的床里，不过小意达对她说："苏菲亚呀，你真应该起来了。今晚你应该设法在抽屉里睡才好。可怜的花儿全都病了，它们应该睡在你的床上。这样它们也许就可以好起来。"于是她就把这个玩偶移开。可是苏菲亚显出很不高兴的样子，一句话也不说。她因为不能睡在自己的床上，就生起气来了。

小意达把花儿放到玩偶的床上，用小被子把它们盖好。她还告诉它们说，现在必须安安静静地睡觉，她自己得去为它们泡一壶茶来喝，使得它们的身体可以复原，明天可以起床。同时她把窗帘拉拢，紧紧地掩住它们的床，免得太阳照到它们的眼睛。

这一整夜她老是想着那个学生所告诉她的事情。当她自己要上床去睡的时候，她不得不先在拉拢了的窗帘后面瞧瞧。沿着窗子陈列着她母亲的一些美丽的花儿——有风信子，也有番红花。她低声对它们说："我知道，今晚你们要去参加一个舞会的。"不过这些花儿装作一句话也听不懂，连一片叶儿也不动一下。可是小意达自己心里有数。

她上了床以后，静静地躺了很久。她想，要是能够看到这些可爱的花儿在国王的宫殿里跳舞，那该是多么有趣啊！"我不知道我的花儿真的到那儿去过没有？"于是她就睡着了。夜里她又醒来了。她梦见了那些花儿和那个学生——那位枢密顾问官常常责备他，说他把一些无聊的想法灌进她的脑子里去。小意达睡的房间是很静的。夜灯还在桌子上亮着，爸爸和妈妈已经睡着了。

"我不知道我的花儿现在是不是仍旧睡在苏菲亚的床上？"她对自己说，"我多么希望知道啊！"她把头稍微抬起一点，对那半掩着的房门看了一眼。她的花儿和她的一切玩具都放在门外。她静静地听着。她这时好像听到了外面房间里有个人在弹钢琴，弹得很美，很轻柔，她从来没有听过这样的琴声。

"现在花儿一定在那儿跳起舞来了！"她说，"哦，天哪，我是多么想瞧瞧它们啊！"可是她不敢起床，因为她怕惊醒了她的爸爸和妈妈。

"我只希望它们到这儿来！"她说。可是花儿并不走进来。

音乐还是继续在奏着，非常动听。她实在再也忍不住了，因为这一切太美了。她爬出她的小床，静静地走到门那儿去，朝着外边的那个房间偷偷地望。啊，她所瞧见的那幅景象是多么有趣啊！

那个房间里没有点灯，但是仍然很亮，因为月光射进窗子，正照在地板的中央。房间里亮得差不多像白天一样。所有的风信子和番红花排成两行在地板上站着。窗台上现在一朵花儿也没有了，只有一些空空的花盆。各种花儿在地板上团团地互相舞起来，它们是那么娇美。它们形成一条整齐的、长长的舞链，它们把它们绿色的长叶子连接起来，旋转着扭动它们的腰肢。钢琴旁边坐着一朵高大的黄百合花。无疑，小意达在夏天看到过它一次，因为她记得很清楚，那个学生曾经说过："这朵花儿多么像莉妮小姐啊！"那时大家都笑他。不过现在小意达的确觉得这朵高大的黄花像那位小姐。她弹钢琴的样子跟她是一模一样——把她那鹅蛋形的黄面孔一会儿偏向这边，一会儿又偏向那边，同时还不时点点头，打着这美妙音乐的拍子！

任何花都没有注意到小意达。她看到一朵很大的蓝色早春花跳到桌子中央来。玩具就放在那上面。它一直走到那个玩偶的床旁边去，把窗帘向两边拉开。那些生病的花儿正躺在床上，但是它们马上站起来，向一些别的花儿点着头，表示它们也想参加跳舞。那个年老的扫烟囱的玩偶——它的下嘴唇有一个缺口——站了起来，对这些美丽的花儿鞠了一个躬。这些花儿一点也不像害病的样子。它们跳下床来，跟其他的花儿混在一起，非常快乐。

这时好像有一件什么东西从桌上掉了下来。意达朝那儿望去。那原来是别人送给她过狂欢节的一根桦木条。它从桌子上跳了下来！它也以为它是这些花儿中的一员。它的样子也是很可爱的。一个小小的蜡人骑在它的身上。他头上戴着一顶宽大的帽子，跟枢密顾问官所戴的那顶差不多。这桦木条用它的三条红腿径直跳到花群中去，重重地在地板上跺着脚，因为它在跳波兰的“马祖卡舞”。可是别的花儿没有办法跳这种舞，因为它们的身段很轻，不能那样跺脚。

骑在桦木条上的那个蜡人忽然变得又高又大了。他像一阵旋风似的扑向纸花那儿去，说：“居然把这样的怪想法灌进一个孩子的脑子里去！全是些没有道理的幻想！”这蜡人跟那位戴宽帽子的枢密顾问官一模一样，而且他的那副面孔也是跟顾问官的一样发黄和生气。可是那些纸花在他的瘦腿上打了一下，于是他缩作一团，又变成了一个渺小的蜡人。瞧他这副神气倒是蛮有趣的！小意达忍不住要大笑起来了。桦木条继续跳它的舞，弄得这位枢密顾问官也不得不跳了。现在不管他变得粗大也好，瘦长也好，或者仍然是一个戴大黑帽子的黄蜡人也好，完全没有关系。这时一些别的花儿，尤其是曾经在木偶的床上睡过一阵子的那几朵花儿，对他说了句恭维话，于是那根桦木条也就停下让他休息了。

这时，抽屉里忽然响起了一阵很大的敲击声——意达的玩偶苏菲亚跟其他许多的玩具都睡在里面。那个扫烟囱的人赶快跑到桌子旁边去，直直地匍在地下，拱起腰把抽屉顶出了一点。这时苏菲亚坐起来，向四周望了一眼，非常惊奇。

“这儿一定有一个舞会，”她说，“为什么没有人告诉我呢？”

“你愿意跟我跳舞吗？”扫烟囱的人说。

“你倒是一个蛮漂亮的舞伴！”她回答说，把背掉向他。

于是她在抽屉上坐下来，她以为一定会有一朵花儿来请她跳舞的。可是什么花儿也没有来。因此她故意咳嗽了一声：“哼！哼！哼！”然而还是没有花儿来请她。扫烟囱的人这时独自在跳，而且跳得还不坏哩。

现在既然没有什么花儿来理苏菲亚，她就故意从抽屉上倒下来，一直落到地板上，弄出一阵很大的响声。所有的花儿现在都跑过来，围绕着她，问她是不是跌伤了。这些花儿——尤其是曾经在她床上睡过的花儿——对她都非常亲切。可是她一点也没有跌伤。意达的花儿都因为那张很舒服的床而对她表示谢意。它们把她捧得多高，请她到月亮正照着的地板中央来，和她一起跳舞。所有其余的花儿在她周围形成一个圆圈。现在苏菲亚可高兴了！她告诉它们可以随便用她的床，她自己睡在抽屉里也不碍事。

可是花儿说：“我们从心里感谢你，不过我们活不了多久。明天我们就要死了。但是请你告诉小意达，叫她把我们埋葬在花园里——那个金丝雀也是躺在那儿的。到明年的夏天，我们就又可以醒过来，长得更美丽了。”

“不成，你们绝不能死去！”苏菲亚说。她吻了这些花一下。

这时，客厅的门忽然开了。一大群美丽的花儿跳着舞走进来。意达想象不到它们是从什么地方来的。它们一定是国王宫殿里的那些花儿。最先进来的是两朵鲜艳的玫瑰花。它们都戴着一顶金冠——原来它们就是花王和花后啦。随后跟进来了一群美丽的紫罗兰花和荷兰石竹花。它们向各方面致敬。它们还带来了一个乐队。大朵的虞美人和牡丹花使劲地吹着豆荚，把脸都吹红了。蓝色的风信子和小小的白色雪形花发出“叮当叮当”的响声，好像它们身上戴着铃铛似的。这音乐真有些滑稽！不一会儿，许多别的花儿也来了，它们一起跳着舞：蓝色的堇菜花、粉红的樱草花、雏菊花、铃兰花都来了。这些花儿互相接着吻。它们看起来真是美极了！

最后这些花儿互相道晚安。于是小意达也钻到床上去了；她所见到的这一切情景，又在她的梦里出现了。

当她第二天起来的时候，她急忙跑到小桌子那儿去，看看花儿是不是仍然还在。她把掩着小床的幔帐向两边拉开。是的，花儿全在，可是比起昨天来，它们显得更凋零了。苏菲亚仍然是躺在抽屉里——是意达把她送上床的。她的样子好像还没有睡醒似的。

“你还记得你要和我说的话吗？”小意达问。不过苏菲亚的样子显得很傻。她一句话也不说。

“你太不好了！”意达说，“但是他们还是跟你一起跳了舞啦。”

于是她取出一个小小的纸盒子，上面绘了一些美丽的鸟儿。她把这盒子打开，把死了的花儿都装了进去。

“这就是你们的漂亮的棺材！”她说，“当我那两位住在挪威的表兄弟来看我的时候，他们就会帮助我把你们葬在花园里的，好叫你们在来年夏天再长出来，成为更美丽的花朵。”

挪威的表兄弟是两个活泼的孩子。一个叫约那斯，一个叫亚多尔夫。他们的父亲送给了他们两张弓。他们把这东西也一起带来给意达看。她把那些已经死去了的可怜的花儿的故事全都告诉他们。他们也就因此可以为这些花儿举行葬礼。这两个孩子肩上背着弓，走在前面；小意达托着那装着死去的花儿的美丽匣子，走在后面。他们在花园里掘了一个小小的坟墓。意达先吻了吻这些花儿，然后就把它们连匣子一起葬在土里。约那斯和亚多尔夫在坟上射着箭，作为敬礼，因为他们既没有枪，又没有炮。

一个豆荚里的五粒豆

有一个豆荚，里面有五颗豌豆。它们都是绿的，因此它们就以为整个世界都是绿的。事实也正是这样！豆荚在生长，豆粒也在生长。它们按照自己在家庭里的地位，坐成一排。太阳在外边照着，把豆荚晒得暖洋洋的；雨把它洗得透明。这儿是既温暖又舒适，白天有光亮，晚间黑暗，这本是必然的规律。

豌豆粒坐在那儿越长越大，同时也越变得沉思起来，因为它们多少得做点事情呀。

“难道我们永远就在这儿坐下去吗？”它们问，“我只愿老这样坐下去，不要变得僵硬起来。我似乎觉得外面发生了一些事情——我有这种预感！”

许多星期过去了。这几粒豌豆变黄了，豆荚也变黄了。

“整个的世界都在变黄啦！”它们说。

忽然，它们觉得豆荚震动了一下。豆荚被摘下来了，落到人的手上，跟许多别的丰满的豆荚在一起，溜到一件马甲的口袋里去。

“我们不久就要被打开了！”它们说。于是它们就等待这件事情的到来。

“我倒想要知道，我们之中谁会走得最远！”最小的一粒豆荚说，“是的，事情马上就要揭晓了。”

“该怎么办就怎么办！”最大的那一粒说。

“啪！”豆荚裂开来了。那五粒豆子全都滚到太阳光里来了。它们躺在一个孩子的手中。这个孩子紧紧地捏着它们，同时说它们正好可以当作豆枪的子弹用。他马上安了一粒进去，把它射了出来。

“现在我要飞向广大的世界里去了！如果你能捉住我，那么就请你来吧！”于是它就飞走了。

“我，”第二粒说，“我将直接飞进太阳里去。这才像一个豆荚呢，而且与我的身份非常相称！”

于是它就飞走了。

“我们到了什么地方，就在什么地方睡，”其余的两粒说，“不过我们仍得向前滚。”因此它们在没有到达豆枪以前，就先在地上滚起来。但是它们终于被装进去了。“我们才会射得最远呢！”

“该怎么样就怎么样！”最后的那一粒说。它射到空中去了。它射到顶楼窗子下面的一块旧板子上，正好钻进一个长满了青苔和霉菌的裂缝里去。青苔把它裹起来。它躺在那儿不见了，可是我们并没忘记它。

“应该怎么样就会怎么样！”它说。

在这个小小的顶楼里住着一个穷苦的女人。她白天到外面去擦炉子、锯木材，并且做许多类似的粗活，因为她很强壮，而且也很勤俭，不过她仍然很穷。她有一个发育不全的独生女儿，躺在她这顶楼上的家里。她的身体非常柔弱。她在床上躺了一整年，看样子她既活不下去，也死不了。

“她快要到她亲爱的姐姐那儿去了！”女人说，“我只有两个孩子，但是养活她们两个人是够困难的。上天分担我的愁苦，已经接走一个了。我现在把留下的这一个养着。不过我想他不会让她们分开的，因为她也会到她天上的姐姐那儿去的。”

可是这个病孩子并没有离开。她安静地、耐心地整天在家里躺着，她的母亲到外面去挣点生活的费用。这正是春天。一大早，当母亲正要出去工作的时候，阳光温和地、愉快地从那个小窗子射进来，一直射到地上。这个病孩子望着最低的那块窗玻璃。

“从窗玻璃旁边探出头来的那个绿东西是什么呢？它在风里摆动！”

母亲走到窗子那儿去，把窗子打开一半。“啊！”她说，“我的天，这原来是一粒小豌豆。它还长出小叶子来了。它怎样钻进这个隙缝里去的？现在可有一个小花园来供你欣赏了！”

母亲把病孩子的床搬得更挨近窗子，好让她看到这粒正在生长着的豌豆。于是母亲便出去做她的工作了。

“妈妈，我觉得我好了一些！”这个小姑娘在晚间说，“太阳今天在我身上照得怪温暖的。这粒豆子长得好极了，我也会长得好的；我将爬起床来，走到温暖的太阳光中去。”

“愿上天保佑我们这样！”母亲说，但是她不相信事情就会这样。不过她还是仔细地用一根小棍子把这植物支起来，好使它不致被风吹断，因为它使她的女儿对生命产生了愉快的想象。她从窗台上牵了一根线到窗框的上端去，使这粒豆可以盘绕着它向上长，它的确也在向上长——人们每天可以看到它在生长。

“真的，它现在要开花了！”女人有一天早晨说。她现在开始希望和相信，她的病孩子会好起来。她记起最近这孩子讲话时要比以前愉快得多，而且最近几天她自己也能爬起来，直直地坐在床上，用高兴的眼光望着这一颗豌豆所形成的小花园。一星期以后，这个病孩子第一次能够坐一整个钟头。她快乐地坐在温暖的太阳光里。窗子打开了，她面前是一朵盛开的、粉红色的豌豆花。小姑娘低下头来，把它柔嫩的叶子轻轻地吻了一下。这一天简直像一个节日。

“我幸福的孩子，上天亲自种下这颗豌豆，叫它长得枝叶茂盛，成为你我的希望和快乐！”高兴的母亲说。她对这花儿微笑，好像它就是上天送下来的一位善良的安琪儿。

但是，其余的那几粒豌豆呢？嗯，曾经飞到广大的世界里去，并且还说过“如果你能捉住我，那么就请你来吧！”的那一粒，落到屋顶的水笕里去了，在一个鸽子的嗉囊里躺下来，正如约拿躺在鲸鱼肚中一样。那两粒懒惰的豆子也不过只走了这么远，因为它们也被鸽子吃掉了。总之，它们总还算有些实际的用途。可是那第四粒，它本来想飞进太阳里去，却落到了水沟里，在脏水里躺了好几个星期，而且涨大得相当可观。

“我胖得够美了！”这粒豌豆说，“我胖得要爆裂开来。我想，任何豆子从来不曾，也永远不会达到这种地步的。我是豆荚里五粒豆子中最了不起的一粒。”

水沟说它讲得很有道理。

可是顶楼窗子旁那个年轻的女孩子——她脸上闪烁着健康的光彩，她的眼睛发着亮光——正在豌豆花上面交叉着她的一双小手，感谢上天。

水沟说：“我支持我的那粒豆子。”

梦神

世界上没有谁能像奥列·路却埃那样，会讲那么多的故事——他才会讲呢！

天黑了以后，当孩子们还乖乖地坐在桌子旁边或坐在凳子上的时候，奥列·路却埃就来了。他轻轻地走上楼梯，因为

他是穿着袜子走路的。他不声不响地把门推开，于是，“嘘！”的一声他在孩子的眼睛里喷了一点甜蜜的牛奶——只是一点儿，一丁点儿，但已足够使他们张不开眼睛。这样他们就看不见他了。他在他们背后偷偷地走着，轻柔地吹着他们的脖子，于是他们的脑袋便感到昏沉。啊，是的！但这并不会伤害他们，因为奥列·路却埃是非常心疼小孩子的。他只是要求他们安静些，而这只有等他们被送上床以后才能做得到。他必须等他们安静下来以后才能对他们讲故事。

当孩子们睡着了以后，奥列·路却埃就在床边坐下来。他穿的衣服是很漂亮的：他的上衣是绸子做的，不过什么颜色就很难讲，因为它一会儿发红，一会儿发绿，一会儿发蓝——完全看他怎样转动而定。他的每条胳膊下面都夹着一把伞。一把伞上绘有图画，他就把这把伞在好孩子上面撑开，使他们一整夜都能梦得见美丽的故事。可是另外的一把伞上面什么也没有画，他把这把伞在那些顽皮的孩子上面张开，于是这些孩子就睡得非常糊涂，当他们在早晨醒来的时候，觉得什么梦也没有做。

现在让我们来听听，奥列·路却埃怎样在整个星期中每天晚上来看一个名叫哈尔马的孩子，对他讲了一些什么故事。那一共有七个故事，因为每个星期有七天。

星期一

“听着吧，”奥列·路却埃在晚上把哈尔马送上床以后说，“现在我要装饰一番。”于是花盆里的花儿都变成了大树，它们的长枝子在屋子的天花板下沿着墙伸展开来，使得整个屋子看起来像一个美丽的花亭。这些树的枝子上都开满了花，每朵花比玫瑰还要美丽，而且发出那么甜的香气，叫人简直想尝尝它——它比果子酱还要甜。水果射出金子般的光；甜面包张开了口，露出里面的葡萄干。这一切是说不出的美。不过与此同时，在哈尔马放课本的桌子抽屉内，有一阵可怕的哭声发出来了。

“这是什么呢？”奥列·路却埃说。他走到桌子那儿去，把抽屉拉开。原来是写字的石板在痛苦地抽筋，因为一个错误的数字跑进总和里去，几乎要把它打散了。写石板用的那支粉笔在系住它的那根线上蹦蹦跳跳，像一只小狗。它很想帮助总和，但是没有办法下手——接着，哈尔马的练习簿里面又发出一阵哀叫声——这听起来真叫人难过。每一页上的大楷字母一个接着一个地排成直行，每个字旁边有一个小楷字，也成为整齐的直行。这就是练字的范本。在这些字母旁边还有一些字母。它们以为自己跟前面的字母一样好看。这就是哈尔马所练的字，不过它们东倒西歪，越出了它们应该看齐的线条。

“你们要知道，你们应该这样站着，”练习范本说，“请看——像这样略为斜一点，轻松地一转！”

“啊，我们倒愿意这样做呢，”哈尔马写的字母说，“不过我们做不到呀。我们的身体不太好。”

“那么你们得吃点药才成。”奥列·路却埃说。

“哦，那可不行。”它们叫起来。它们马上直直地站起来，叫人看得非常舒服。

“是的，现在我们不能讲什么故事了，”奥列·路却埃说，“我现在得叫它们操练一下。一，二！一，二！”他这样操练着字母。它们站着，非常整齐，非常健康，跟任何范本一样。不过当奥列·路却埃走后，早晨哈尔马起来看它们的时候，它们仍然是像以前那样，显得愁眉苦脸。

星期二

当哈尔马上了床以后，奥列·路却埃就在房里所有的家具上轻轻地喷了一口那富有魔力的奶。于是每一件家具就开始谈论起自己来，只有那只痰盂独自个儿站着一声不响。它有点儿恼，觉得大家都很虚荣，只顾谈论着自己，想着自己，一点也没考虑到谦虚地站在墙角边、让大家往自己身上吐痰的它。

衣柜顶上挂着一张大幅图画，它嵌在镀金的框架里。这是一幅风景画。人们在里面可以看到一株很高的古树，草丛中的花朵，一个大湖和跟它连着的一条河，那条河环绕着大树林，流过许多宫殿，一直流向大洋。

奥列·路却埃在这画上喷了一口富有魔力的奶，于是那里面的雀子便开始唱起歌来，树枝开始摇动起来，云块也在飞行——人们可以看到云的影子在这风景上掠过。

现在奥列·路却埃把小小的哈尔马抱到框架上去，让哈尔马把自己的脚伸进画里去，一直伸到那些长得很高的草里去。于是他就站在那儿。太阳穿过树枝照到他身上。他跑到湖旁边去，坐进一只停在那儿的小船。这条小船涂上了红、白两种颜色，它的帆发出银色的光。六只颈上戴着金冠、额上戴有一颗光耀的蓝星的天鹅，拖着这条船漂过这青翠的森林——这里的树儿讲出一些关于强盗和巫婆的故事，花儿讲出一些关于美丽的小山精水怪的故事，讲些蝴蝶所告诉过它们的故事。

许多美丽的、鳞片像金银一样的鱼儿，在船后面游着。有时它们跳跃一下，在水里弄出一阵“扑通”的响声。许多蓝色的、红色的、大大小小的鸟儿，排成两大行在船后面飞。蚊虫在跳着舞，小金虫在说：“嘟！嘟！”它们都要跟着哈尔马来，而且每一位都能讲一个故事。

这才算得上一次航行呢！森林有时显得又深又黑，有时又显得像一个充满了太阳光和花朵的、极端美丽的花园，有雄伟的、用玻璃砖和大理石砌成的宫殿。阳台上立着好几位公主。她们都是哈尔马所熟悉的一些小女孩子——因为他跟她们在一起玩耍过。她们伸出手来，每只手托着一般卖糕饼的女人所能卖出的、最美丽的糖猪。哈尔马在旁边经过的时候，就顺手去拿每一只糖猪，不过公主们握得那么紧，结果每人只得到一半——公主得到小的那一半，哈尔马得到大的那一半。每个宫殿旁边都有一些小小的王子在站岗。他们背着金刀，向他撒下许多葡萄干和锡兵。他们真不愧称为王子！

哈尔马扬着帆航行，有时通过森林，有时通过大厅，有时直接通过一个城市的中心。他来到了他保姆所住的那个城市。当他还是一个小宝宝的时候，这位保姆常常把他抱在怀里。她一直是非常爱护他的。她对他点头，对他招手，同时念着自己为哈尔马所写的那首诗：

亲爱的哈尔马，我对你多么想念，
你小的时候，我多么喜欢吻你，
吻你的前额、小嘴和那么鲜红的脸——
我的宝贝，我多么地想念你！
我听着你喃喃地学着最初的话语，
可是我不得不对你说一声再见。
愿上天在世界上给你无限的幸福，
你——天上降下的一个小神仙。

所有的鸟儿也一同唱起来，花儿在它们的梗子上也跳起舞来，许多老树也点起头来，正好像奥列·路却埃是在对它们讲故事一样。

星期三

嗨！外面的雨下得多么大啊！哈尔马在梦中都可以听到雨声。当奥列·路却埃把窗子推开的时候，水简直就流到窗槛上来了。外面成了一个湖，而且居然还有一条漂亮的船停在屋子旁边哩。

“小小的哈尔马，假如你跟我一块儿航行的话，”奥列·路却埃说，“你今晚就可以开到外国去，明天早晨再回到这儿来。”

于是哈尔马就穿上他星期日穿的漂亮衣服，踏上这条美丽的船。天气立刻就晴朗起来了。他们驶过好几条街道，现在在他们面前展开一片汪洋大海。他们航行了很久，最后陆地就完全看不见了。他们看到了一群鹳鸟。这些鸟儿也是从它们的家里飞出来的，飞到温暖的国度里去。它们排成一行，一个接着一个地飞，而且它们已经飞得很远很远！它们之中有一只已经飞得很倦了，它的翅膀几乎不能再托住它向前飞。它是这群鸟中最后的一只。不久它就远远地落在后面。最后它张着翅膀慢慢地坠下来了。虽然它仍旧拍了两下翅膀，但是一点用也没有。它的脚触到了帆索，于是就从帆上滑下来。砰！它落到甲板上来了。

船上的侍役把它捉住，放进鸡屋里的鸡、鸭和吐绶鸡群中去。这只可怜的鹳鸟在它们中间真是垂头丧气极了。

“你们看看这个家伙吧！”母鸡婆们齐声说。

于是那只雄吐绶鸡装模作样地摆出一副架子，问鹳鸟是什么人。鸭子们后退了几步，彼此推着："叫呀！叫呀！"

鹳鸟告诉它们一些关于炎热的非洲、金字塔和在沙漠上像野马一样跑的鸵鸟的故事。但鸭子们完全不懂得它所讲的这些东西，所以它们又彼此推了几下！"我们有一致的意见，那就是认为它是一个傻瓜！"

"是的，它的确是很傻。"雄吐绶鸡说，咯咯地叫起来。

于是鹳鸟就一声不响，思念着它的非洲。

"你的那双腿瘦长得可爱，"雄吐绶鸡说，"请问你，它们值多少钱一亚伦？"

"嘎！嘎！嘎！"所有的鸭子都讥笑起来。不过鹳鸟装作没有听见。

"你也可以一起来笑一阵子呀，"雄吐绶鸡对它说，"因为这话说得很风趣。难道你觉得这说得太高深了不成？嗨！嗨！它并不是一个什么博学多才的人！我们还是自己来说笑一番吧。"

于是它们都咕咕地叫起来，鸭子也嘎嘎地闹起来，"呱！咕！呱！咕！"它们自己以为幽默得很，简直不成样子。

哈尔马走到鸡屋那儿去，把鸡屋的后门打开，向鹳鸟喊了一声。鹳鸟跳出来，跳到甲板上来。现在它算是得着自由了。它似乎在向哈尔马点着头，表示谢意。于是它展开双翼，向温暖的国度飞去。不过母鸡婆都在咕咕地叫着，鸭子在嘎嘎地闹着，同时雄吐绶鸡的脸涨得通红。

"明天我将把你们拿来炖汤吃。"哈尔马说。于是他就醒了，他仍然躺在自己的小床上。奥列·路却埃这晚为他布置的航行真是奇妙。

星期四

“我告诉你，”奥列·路却埃说，“你绝不要害怕。我现在给你一个小耗子看。”于是他向哈尔马伸出手来，手掌上托着一个轻巧的、可爱的动物。“他来请你去参加一个婚礼。有两个小耗子今晚要结为夫妇。他们住在你妈妈的食物储藏室的地下，那应该是一个非常可爱的住所啦！”

“不过我怎样才能够钻进地下的那个小耗子洞里去呢？”哈尔马问。

“我来想办法，”奥列·路却埃说，“我可以使你变小呀。”

于是他在哈尔马身上喷了一口富有魔力的奶。这孩子马上就一点一点地缩小，最后他就变得只有指头那么大了。

“现在你可以把锡兵的制服借来穿穿，我想它很合你的身材。一个人在社交的场合，穿起一身制服是再漂亮也不过的。”

“是的，一点也不错。”哈尔马说。

不一会儿，他穿得像一个很潇洒的兵士。

“劳驾你坐在你妈妈的顶针上，”小耗子说，“让我可以荣幸地拉着你走。”

“我的天啊！想不到要这样麻烦小姐！”哈尔马说。这么着，他们就去参加小耗子的婚礼了。

他们先来到地下的一条长长的通道里。这通道的高度，恰好可以让他们开着顶针直穿过去。这整条路是用引火柴照着的。

“你闻！这儿的味道有多美！”耗子一边拉，一边说，“这整条路全用腊肉皮擦过了一次。再也没有什么东西比这更好！”

现在他们来到了举行婚礼的大厅。所有的耗子太太都站在右手边，她们互相私语和憨笑，好像她们在相互逗着玩儿似的。所有的耗子先生都立在左手边，他们在用他们的前掌摸着自己的胡子。在屋子的中央，新郎和新娘出现了。他们站在一个啃空了的乳饼的圆壳上。他们在所有的客人面前吻得不可开交——当然喽，他们是订过了婚的，马上就要举行婚礼。

客人们川流不息地涌进来。耗子们几乎都可以踩死彼此。这幸福的一对站在门中央，弄得人们既不能进来，也不能出去。像那条通道一样，这屋子也是用腊肉皮擦得亮亮的，而这点腊肉皮同时也就是他们所吃的酒菜了。不过，主人还托出一粒豌豆作为点心。这家里的一位小耗子在它上面啃出了这对新婚夫妇的名字——也可以说是他们的第一个字母吧。这倒是一件很新奇的花样哩。

所有来参加婚礼的耗子都认为这婚礼是很漂亮的，而且招待也非常令人满意。

哈尔马又坐着顶针回到家里来。他算是参加了一个高端的社交场合，不过他得把自己缩作一团，变得渺小，同时还要穿上一件锡兵的制服。

星期五

“你绝不会相信，有多少成年人希望跟我在一道啊！”奥列·路却埃说，“尤其是那些做过坏事的人。他们常常对我说：‘小小的奥列啊，我们合不上眼睛，整夜躺在床上，望着自己那些恶劣的行为——这些行为像丑恶的小鬼一样坐在我们的床沿上，在我们身上浇着滚水。请你走过来把他们赶走，好让我们能好好地睡一觉吧！’于是他们深深地叹了一口气，‘我们很愿意给你酬劳。晚安吧，奥列。钱就在窗槛上。’不过，我并不是为了钱而做事呀。”奥列·路却埃说。

“我们今晚将做些什么呢？”哈尔马问。

“我不知道你今晚有没有兴趣再去参加一个婚礼。这个婚礼跟昨天的不同。你妹妹的那个大玩偶——他的样子像一个大男人，名字叫作赫尔曼——将要和一个叫贝尔达的玩偶结婚。此外，今天还是这玩偶的生日，因此他们会收到很多的礼品。”

“是的，我知道这事。”哈尔马说，“无论什么时候，只要这些玩偶想要有新衣服穿，我妹妹就让他们来一个生日庆祝会，或举行一次婚礼。这类事儿已经发生过一百次了！”

“是的，不过今夜举行的是第一百零一次的婚礼呀。当这一百零一次过去以后，一切就会完了。正因为这样，所以这次婚礼将会非常华丽。你再去看一次吧！”

哈尔马朝桌子看了一眼。那上面有一座纸做的房子，窗子里有亮光，外面站着的锡兵全在敬礼。新郎和新娘坐在地上，靠着桌子的腿，若有所思的样子，而且并不是没有道理的。奥列·路却埃穿着祖母的黑裙子，特来主持这个婚礼。当婚礼终了以后，各种家具合唱起一支美丽的歌——这歌是铅笔为他们编的。它是随着兵士击鼓的节奏而唱出的：

我们的歌像一阵风，
来到这对新婚眷属的房中；
他们站得像棍子一样竖直，
他们都是手套皮所制！
万岁，万岁！棍子和手套皮！
我们在风雨中高声地贺喜！

于是他们开始接受礼品——不过他们拒绝收受任何食物，因为他们打算以爱情为食粮而生活下去。

“我们现在到乡下去呢，还是到外国去做一趟旅行？”新郎问。

他们去请教那位经常旅行的燕子和那位生了五巢孩子的老母鸡。燕子讲了许多关于那些美丽的温带国度的事情：那儿熟了的葡萄沉重地、一串一串地挂着；那儿的空气是温和的；那儿的山岳发出这里从来见不到的光彩。

“可是那儿没有像我们这儿的油菜呀！”老母鸡说，“有一个夏天我跟孩子们住在乡下。那儿有一个沙坑。我们可以随便到那儿去，在那儿抓土。我们还得到许可钻进一个长满了油菜的菜园里去。啊，那里面是多么青翠啊！我想象不出还有什么比那更美的东西！”

“不过这根油菜梗跟那根油菜梗不是一个样儿，”燕子说，“而且这儿的天气老是那样坏！”

“人们可以习惯于这种天气的。”老母鸡说。

“可是这儿很冷，老是结冰。”

“那对于油菜是非常好的！”老母鸡说，“此外这儿的天气也会暖起来的呀。四年以前，我们不是有过一连持续了五星期的夏天吗？那时天气是那么热，你连呼吸都感到困难。而且我们还没有像他们那样有毒的动物，也没有强盗。谁不承认我们的国家最美丽，谁就是一个恶棍，那么他就不配住在此地了。”于是老母鸡哭起来，“我也旅行过啦！我坐在一个鸡圈里走过一百五十里路，但我觉得旅行没有一点儿快乐！”

“是的，老母鸡是一个理智的女人！”玩偶贝尔达说，“我对于上山去旅行也不感兴趣，因为你无非是爬上去，随后又爬下来罢了。不，我们还是走到门外的沙坑那儿去，在油菜中间散散步吧。”

问题就这么解决了。

星期六

“现在讲几个故事给我听吧！”小小的哈尔马说。这时奥列·路却埃已经把他送上了床。

“今晚我们没有时间讲故事了。”奥列回答说，同时把他那把非常美丽的雨伞在这孩子的头上撑开，“现在请你看看这几个中国人吧！”

整个雨伞看起来好像一个中国的大碗。里面有些蓝色的树、拱起的桥，上面还有小巧的中国人在站着点头。

“明天我们得把整个世界洗刷得焕然一新，”奥列说，“因为明天是一个神圣的日子——礼拜日。我将到尖塔顶上去，告诉那些小精灵把钟擦得干干净净，好叫它们能发出美丽的声音来。我将走到田野里去，看风儿有没有把草和叶上的灰尘扫掉。此外，最巨大的一件工作是：我将要把天上的星星摘下来，把它们好好地擦一下。我要把它们兜在我的围裙里。可是我得先记下它们的号数，同时也得记下嵌住它们的那些洞口的号数，好使它们将来能回到原来的地方去，否则它们就嵌不稳，而且流星也会太多了，因为它们会一个接着一个地落下来。”

“请听着！您知道，路却埃先生，”一幅老画像说，它挂在哈尔马挨着睡的那堵墙上，“我是哈尔马的曾祖父。您对这孩子讲了许多故事，我很感谢您；不过请您不要把他的头脑弄得糊里糊涂。星星是不可以摘下来的，而且也不能擦亮！星星都是一些球体，像我们的地球一样。它们之所以美妙，正是这个缘故。”

“我感谢您，老曾祖父，”奥列·路却埃说，“我感谢您！您是这一家之长。您是这一家的始祖。但是我比您还要老！罗马人和希腊人把我叫作梦神。我到过最华贵的家庭，我现在仍然常常去！我知道怎样对待伟大的人和渺小的人。现在请您讲您的事情吧！”于是奥列·路却埃拿了他的伞，走出去了。

“嗯，嗯！这种年头，一个人连发表意见都不成！”这幅老画像发起牢骚来。

于是哈尔马就醒来了。

星期日

“晚安！”奥列·路却埃说。哈尔马点点头，于是他便跑过去，把曾祖父的画像翻过来面对着墙，好叫他不再像昨天那样，又来插嘴。

“现在你得讲几个故事给我听：关于生活在一个豆荚里的五颗青豌豆的故事；关于一只公鸡的脚向母鸡的脚求爱的故事；关于一根装模作样的缝补针自以为是缝衣针的故事。”

“好东西享受太过也会生厌的呀！”奥列·路却埃说，“我倒很想给你一样东西看看。我把我的弟弟介绍给你吧。他也叫作奥列·路却埃。不过他拜访任何人，从来不超过一次。当他到来的时候，他总是把他所遇见的人抱在马上，讲故事给他听。他只知道两个故事：一个是极端的美丽，世上任何人都想象不到；另一个则是非常丑恶和可怕——我没有办法形容出来。”

于是奥列·路却埃把小小的哈尔马抱到窗前，同时说：

“你现在可以看到我的弟弟——另一位叫作奥列·路却埃的人了。也有人把他叫作‘死神’！你要知道，他并不像人们在画册中把他画成的一架骷髅那样可怕。不，那骷髅不过是他上衣上用银丝绣的一个图案而已。这上衣是一件很美丽的骑兵制服。在他后面，在马背上，飘着一件黑天鹅绒做的斗篷。请看他奔驰的样子吧！”

哈尔马看到这位奥列·路却埃怎样骑着马飞驰过去，怎样把年轻人和年老的人抱到自己的马上。有些他放在自己的前面坐着，有些放在自己的后面坐着。不过他老是先问：“你们的通知簿上是怎样写的？”他们齐声回答说：“很好。”他说：“好吧，让我亲自来看看吧。”于是每人不得不把自己的通知簿交出来看。那些簿子上写着“很好”和“非常好”等字样的人坐在他的前面，听一个美丽的故事；那些簿子上写着“勉强”“尚可”等字样的人只得坐在他的后面，听一个非常可怕的故事。后者发着抖，大声哭泣。他们想要跳下马来，可是他们做不到，因为他们立刻就紧紧地坐在马背上了。

“不过‘死神’是一位最可爱的奥列·路却埃啦，”哈尔马说，“我并不怕他！”

“你也不需要怕他呀，”奥列·路却埃说，“你只需要注意，使你的通知簿上写上好的评语就得了！”

“是的，这倒颇有教育意义！”曾祖父的画像咕哝着说，“提提意见究竟还是有用的啦。”现在他算是很满意了。

你看，这就是奥列·路却埃的故事。今晚他自己还能对你多讲一点！

牧猪人

从前有一个贫穷的王子，他有一个王国。王国虽然非常小，但还足以使他结婚，而结婚正是他现在想要做的事情。

他也真有些大胆，居然敢对皇帝的女儿说："你愿意要我吗？"他之所以敢这样说，也正是因为他的名字远近都知道。成千成百的公主都会高高兴兴地说"愿意"。不过我们看看这

位公主会不会这样说吧。

现在我们听吧：在这王子的父亲的墓上长着一棵玫瑰，一棵很美丽的玫瑰。它五年才开一次花，而且每次只开一朵。但这是一朵多么好的玫瑰花啊！它发出那么芬芳的香气，无论谁只需闻一下，就会忘掉一切忧愁和烦恼。王子还有一只夜莺。这鸟儿唱起歌来，就好像它小小的喉咙里包藏着一切和谐的调子似的，这朵玫瑰花和这只夜莺应该送给那位公主。因此这两件东西就被放在两个大银匣里，送给她了。

皇帝下命令把这礼物送进大殿，好让他亲眼看看。公主正在大殿里和她的侍女们做"拜客"的游戏，因为她们没有别的事情可做。当她看到装着礼品的大银匣子时，她就兴高采烈地拍起手来。

"我希望那里面是一只小猫！"她说。

可是匣子里却是一朵美丽的玫瑰花。

"啊，这花做得多么精巧啊！"侍女们齐声说。

"它不仅精巧，"皇帝说，"而且美丽。"

公主把花摸了一下。她几乎哭出来了。

"呸，爸爸！"她说，"这花不是人工做的，它是一朵天然的玫瑰花！"

"呸！"所有的宫女都说，"这只是一朵天然的花！"

"我们暂且不要生气，让我们先看看另一只匣子里是什么再说吧。"皇帝说。于是，那只夜莺就跳出来了。它唱得那么好听，他们一时还想不出什么话来说它不好。

“Superbe! Charmant![1]”侍女们齐声说，因为她们都喜欢讲法国话，但是一个比一个讲得糟。

“这些鸟儿真使我记起死去的皇后的那个八音盒，”一位老的侍臣说，“是的，它的调子，它的唱法完全跟那个八音盒一样。”

“对的。”皇帝说。于是他就像一个小孩子似的哭起来了。

“我不相信它是一只天然的鸟儿。”公主说。

“不，它是一只天然的鸟儿！”那些送礼物来的人说。

“那么就让这只鸟儿飞走吧。”公主说。但是她无论如何不让王子来看她。

不过王子并不因此失望。他把自己的脸涂得棕里透黑，把帽子拉下来盖住眉毛，于是就来敲门。

“日安，皇上！”他说，“我能在宫里找到一个差事吗？”

“嗨，找事的人实在太多了，”皇帝说，“不过让我想想看吧。我需要一个会看猪的人，因为我养了很多猪。”

这样，王子就被任命为皇家的牧猪人了。他们给了他一间猪棚旁边的简陋小屋，他不得不在这里面住下。他从早到晚都坐在那里工作。到了晚上，他做好了一口很精致的小锅，边上挂着许多铃。当锅煮开了的时候，这些铃就美妙地响起来，奏出一支和谐的老调：

啊，我亲爱的奥古斯丁，

1 法语，意思是：“好极了！真迷人！”那个时候的欧洲王室流行讲法语。

一切都完了，完了，完了！

不过这锅巧妙的地方是：假如有人把手指伸到锅中冒出来的蒸汽里，他就立刻可以闻到城里每个灶上所煮的食物的味道。这锅跟玫瑰花比起来，完全是两回事儿。

公主恰恰跟她的侍女们从这儿走过。当她听到这个调子的时候，她就停下来。她显得非常高兴，因为她也会弹“啊，我亲爱的奥古斯丁”这个调子。这是她会弹的唯一的调子，不过她只是用一个指头弹。

“嗯，这正是我会弹的一个调子！”她说，“他一定是一个有教养的牧猪人！你们听着，进去问问他，这个乐器要多少钱。”

因此，一位侍女只好走进去了。可是在进去以前，她先换上了一双木套鞋。

“你这个锅要多少钱？”侍女问。

“我只要公主跟我接十个吻就够了。”牧猪人说。

“我的老天爷！”侍女说。

“是的，少一个吻也不卖。”牧猪人说。

“嗯，他怎么说？”公主问。

“我真没有办法传达他的话，”侍女说，“听了真是骇人！”

“那么，你就低声一点说吧。”于是侍女就低声说了。

“他太没有礼貌啦！”公主说完便走开了。不过，她没有走多远，铃声又动听地响起来了：

啊，我亲爱的奥古斯丁，

一切都完了，完了，完了！

“听着，”公主说，“去问问他愿意不愿意让我的侍女给他十个吻。”

“谢谢您，不成，”牧猪人回答说，“要公主给我十个吻，否则我的锅就不卖。”

“这真是一桩讨厌的事情！”公主说，“不过最低限度你们得站在我的周围，免得别人瞧见我。”

于是侍女们都在她的周围站着，同时把她们的裙子撒开。牧猪人接了十个吻，她得到了那口锅。

她们真是欢天喜地啦！这口锅里整天整夜不停地煮东西；城里每一个厨房里所煮的东西，她们现在都知道得清清楚楚，包括从鞋匠一直到家臣们的厨房里所煮的东西。侍女们都跳起舞，鼓起掌来。

“我们现在全知道谁家在喝甜汤和吃煎饼，谁家在吃稀饭和肉排啦。这多有趣啊！”

“非常有趣！”女管家说。

“是的，但不准你们声张，因为我是皇帝的女儿！”

“是，那是当然！”大家齐声说。

那个牧猪人，也就是说，那位王子——她们当然一点也不知道他是王子，都以为他只是一个牧猪人——是绝不会让一天白白地过去而不做出一点事情来的。因此他又做了一个能发出

“嘎嘎”声的玩具。你只要把这个玩具旋转几下，它就能奏出大家从开天辟地以来就知道的“华尔兹舞曲”“快步舞曲”和“波兰舞曲”。

“这真是Superbe！”公主在旁边走过的时候说，“我从来没有听到过比这更美的音乐！你们听呀！进去问问他这个乐器值多少钱，不过我不能再给他什么吻了。”

“他要求公主给他一百个吻。”那个到里面去问了的侍女说。

“我想他是疯了！”公主说。于是她就走开了。不过她没有走几步路，便又停了下来。“我们应该鼓励艺术才是！”她说，“我是皇帝的女儿啊！告诉他，像上次一样，他可以得到十个吻，其余的可以由我的侍女给他。”

“哎呀！我们可不愿意干这种事情！”侍女们齐声说。

“废话！”公主说，“我既然可以让人吻几下，你们当然也可以的。请记住：是我给你们饭吃，给你们钱花的。”

这样，侍女们只得又到牧猪人那儿去一趟。

“我要公主亲自给我一百个吻，”他说，“否则双方不必谈什么交易了。”

“你们都站拢过来吧！”她说。所有的侍女都围着她站着；于是牧猪人就开始接吻了。

“围着牧猪人的一大堆人是干什么的？”皇帝问。他这时已经走到阳台上来了。他揉揉自己的双眼，戴上他的眼镜：“怎么，原来是侍女们在那儿搞什么鬼！我要亲自下去看一下。”

他把便鞋的后跟拉上——这本来是一双好鞋子；他喜欢随

意把脚伸进去，所以就把后跟踩塌了。

天啊，你看他那副匆忙的样子！

他一跑进院子，就轻轻地走过去。侍女们都在忙于计算吻的数目，为的是要使交易公平，不使他吻得太多或太少。她们都没有注意到皇帝的到来。皇帝轻轻地踮起脚尖来。

“这是怎么一回事呀？”他看到他们接吻的时候说。当牧猪人正接到第八十六个吻的时候，他就用他的拖鞋在他们的头上打了几下。“你们给我走！”皇帝说，因为他真的生气了。于是公主和牧猪人一齐被赶出了他的国土。

公主站在屋外，哭了起来。牧猪人也发起牢骚来。天正下着大雨。

“唉，我这个可怜人！”公主说，“我要是答应那个可爱的王子倒好了！唉，我是多么不幸啊！”

牧猪人于是走到一株大树后面，擦掉脸上的颜色，脱掉身上的破烂衣服，穿上一身王子的服装，又走了出来。他是那么好看，连这位公主都不得不在他面前弯下腰来。

“你，我现在有点瞧不起你了，”他说，“一个老老实实的王子你不愿意要，玫瑰和夜莺你也不欣赏；但是为了一个玩具，你却愿意去和一个牧猪人接吻。现在你总算得到报应了。”

于是他走进他的王国，当她的面把门关上，并且把门闩也插上了。现在只有她站在外边，幽怨地唱——

啊，我亲爱的奥古斯丁，

一切都完了，完了，完了！

夜莺

你大概知道，在中国，皇帝是一个中国人；他周围的人也是中国人。这故事是许多年以前发生的。但是正出于这个缘故，在人们没有忘记它以前，值得听一听。这皇帝的宫殿是世界上最华丽的，完全用精致的瓷砖砌成，价值非常高，不过非常脆薄，如果你想摸摸它，你必须万分当心。人们在御花园里

可以看到世界上最珍奇的花儿。那些最名贵的花上都系着银铃，以便让走过的人一听到铃声就不得不注意这些花儿。是的，皇帝花园里的一切东西都布置得非常精巧。花园是那么大，连园丁都不知道它的尽头是在什么地方。如果一个人不停地向前走，他可以碰到一个茂密的树林，里面有很高的树，还有很深的湖。这树林一直伸展到蔚蓝色的、深沉的海那边。巨大的船只可以在树枝底下航行。树林里住着一只夜莺。它的歌声非常美妙，连一个忙碌的穷苦渔夫在夜间出去收网的时候，一听到这夜莺的歌声，也不由得停下来欣赏一下。

“我的天，唱得多么美啊！”他说。但是他不得不去做他的工作，所以只好把这鸟儿忘掉。不过第二天晚上，这鸟儿又唱起来了。渔夫听到它的歌声时，不禁又同样地说：“我的天，唱得多么美啊！”

世界各国的旅行家都到这位皇帝的首都来，欣赏这座皇城、宫殿和花园。不过，当他们听到夜莺的歌声的时候，他们都说：“这是最美的东西！”

这些旅行家回到本国以后，就谈论着这件事情。于是许多学者就写了大量关于皇城、宫殿和花园的书籍。他们也没有忘记这只夜莺，而且还把它的地位放得最高。那些会写诗的人还写了许多最美丽的诗篇，歌颂这只住在深海旁边树林里的夜莺。

这些书流传到全世界。有几本居然流传到皇帝手里。他坐在他的金椅子上，读了又读，每一秒钟点一次头，因为那些关于皇城、宫殿和花园的细致描写使他读起来感到非常舒服。

“夜莺是这一切东西中最美的东西。”这句话清清楚楚地摆在他面前。

“这是怎么一回事？”皇帝说，“夜莺！我完全不知道有这只夜莺！我的帝国里有这只鸟儿吗？而且它还居然就在我的花园里面？我从来没有听到过这回事！这件事情我居然只能在书本上读到！”

于是他把侍臣召进来。这是一位高贵的人物，任何比他渺小一点的人，只要敢于跟他讲话或者问他一件什么事情，他一向只是简单地回答一声：“呸！”——这个字眼是任何意义也没有的。

“据说这儿有一只叫夜莺的奇异的鸟儿！”皇帝说，“人们都说它是我的伟大帝国里一件最珍贵的东西。为什么从来没有人在我面前提起过呢？”

“我从来没有听到过它的名字，”侍臣说，“从来没有人把它进贡到宫里来！”

“我命令：今晚必须把它弄来，在我面前唱唱歌，”皇帝说，“全世界都知道我有什么好东西，而我自己却不知道！”

“我从来没有听到过它的名字，”侍臣说，“我得去找找它！我得去找找它！”

不过到什么地方去找它呢？这位侍臣在台阶上走上走下，在大厅和长廊里跑来跑去，但是他所遇到的人都说没有听到过什么夜莺。这位侍臣只好跑回皇帝那儿去，说这一定是写书的人捏造的一个神话。

“陛下请不要相信书上所写的东西。这些东西大都是无稽之谈，也就是所谓的‘胡说八道’罢了。”

“不过我读过的那本书，”皇帝说，“是日本国的那位威武的皇帝送来的，因此它绝不能是捏造的。我要听听夜莺！今晚必须把它弄到这儿来！我下圣旨叫它来！如果它今晚来不了，宫里所有的人，一吃完晚饭就要在肚皮上结结实实地挨几下！”

“钦佩！”侍臣说。于是他又在台阶上走上走下，在大厅和长廊里跑来跑去。宫里有一半的人在跟着他乱跑，因为大家都不愿意肚皮上挨揍。

于是他们便开始一种大规模的调查工作，调查这只奇异的夜莺——这只除了宫廷的人以外、大家全都知道的夜莺。

最后他们在厨房里碰见一个穷苦的小女孩。她说：

“哎呀，老天爷，原来你们要找夜莺！我跟它再熟悉不过了，它唱得很好听。每天晚上大家准许我把桌上剩下的一点饭粒带回家去，送给我可怜的生病的母亲——她住在海岸旁边。当我在回家的路上走得疲倦了的时候，我就在树林里休息一会儿，那时我听到夜莺唱歌，然后我的眼泪就流出来了，我觉得好像我的母亲在吻我似的！”

“小丫头！”侍臣说，“我将设法在厨房里为你弄一个固定的职位，同时使你得到看皇上吃饭的特权。但是你得把我们带到夜莺那儿去，因为它今晚得在皇上面前表演一下。”

于是，他们就一齐走到夜莺经常唱歌的那个树林里去。

宫里一半的人都出动了。当他们正在走的时候，一头母牛开始叫了起来。

“呀！”一位年轻的贵族说，“现在我们可找到它了！这么一个小的动物，它的声音可是特别洪亮！我以前在什么地方听到过这声音。”

“错了，这是牛叫！”厨房的小女用人说，“我们离那块地方还远着呢。”

现在沼泽里的青蛙叫起来了。

宫廷祭司说：“现在我算是听到它了——它听起来像庙里的小小钟声。”

“错了，这是青蛙的叫声！”厨房的小女用人说，“不过，我想很快我们就可以听到夜莺唱歌了。”

于是夜莺开始唱起来。

“这才是呢！”厨房的小女用人说，“听啊，听啊！它就栖在那儿。”

她指着树枝上一只小小的灰色鸟儿。

“这个可能吗？”侍臣说，“我从来就没有想到它是那么一副样儿！你们看它是多么平凡啊！这一定是因为它看到有这么多的官员在旁边，吓得失去了光彩。”

“小小的夜莺！”厨房的小女用人高声地喊，“我们仁慈的皇上希望你到他面前去唱唱歌啦。”

“我非常高兴！”夜莺说，于是它唱出动听的歌来。

“这声音像玻璃钟响！”侍臣说，“你们看，它的小歌喉唱得多么好！说来也稀奇，我们过去从来没有听到过它。这鸟儿到宫里去一定会逗得大家喜欢！”

“还要我再在皇上面前唱一次吗？”夜莺问，因为它以为皇帝在场。

“我的绝顶好的小夜莺啊！”侍臣说，“我感到非常荣幸，命令你到宫里去参加一个晚会。你得用你美妙的歌喉去娱乐圣朝的皇上。”

“我的歌只有在绿色的树林里才唱得最好！”夜莺说。不过，当它听说皇帝希望见它的时候，它还是去了。

宫殿被装饰得焕然一新。瓷砖砌的墙和铺的地，在无数金灯的照耀下闪闪发亮。那些挂着银铃的、最美丽的花朵，现在都被搬到走廊上来了。走廊里有许多人跑来跑去，卷起一阵微风，使所有的银铃都“叮当叮当”地响起来，弄得人们连自己说的话都听不见。

在皇帝坐着的大殿中央，人们竖起了一根金制的栖柱，好使夜莺能在上面站着。整个宫廷的人都来了，厨房里的那个小女用人也得到许可站在门后侍候——因为她现在得到了一个真正“厨仆”的称号。大家都穿上了最好的衣服，望着这只灰色的小鸟，皇帝在对它点头。

于是这夜莺唱了——唱得那么美妙，连皇帝都流出眼泪来，一直流到脸上。当夜莺唱得更美妙的时候，它的歌声就打动了皇帝的心弦。皇帝显得那么高兴，他甚至还下了一道命令，叫人把他的金拖鞋挂在这只鸟儿的脖颈上。不过夜莺谢绝了，说它所得到的报酬已经够多了。

“我看到了皇上眼里的泪珠——这对我来说是最宝贵的东西，皇上的眼泪有一种特别的力量。我得到的报酬已经不少了！”于是它用甜蜜幸福的声音又唱了一次。

“这种逗人爱的撒娇我简直没有看过！”在场的一些宫女说。当人们跟她们讲话的时候，她们就故意把水倒到自己嘴里，弄出咯咯的响声来，她们以为自己也是夜莺。小厮和丫鬟们也发表意见，说他们也很满意——这种评语是不简单的，因为他们是最不容易得到满足的一些人物。一句话：夜莺获得了极大的成功。

夜莺现在要在宫里住下来，要有它自己的笼子了——它现在只有白天出去两次和夜间出去一次散步的自由。每次总有十二个仆人跟着；他们牵着系在它腿上的一根丝线，而且他们老是拉得很紧。像这样的出游并不是一件轻松愉快的事情。

整个京城里的人都在谈论着这只奇异的鸟儿，当两个人遇见的时候，一个只需说“夜”，另一个就接着说“莺”。于是他们就互相叹一口气，彼此心照不宣。有十一个做小贩的孩子都起了“夜莺”这个名字，不过他们谁也唱不出一个调子来。

有一天，皇帝收到了一个大包裹，上面写着“夜莺”两个字。

“这又是一本关于我们这只名鸟的书！”皇帝说。

不过这并不是一本书，而是一件装在盒子里的工艺品——一只人造的夜莺。它跟天生的夜莺一模一样，不过它全身装满了钻石、红玉和青玉。这只人造的鸟儿，只要它的发条上好，就能唱出一曲那只真夜莺所唱的歌。同时，它的尾巴上上下下地动着，射出金色和银色的光来。它的脖颈上挂有一根小丝带，上面写道：“日本国皇帝的夜莺，比起中国皇帝的夜莺来，是很寒酸的。”

“它真是好看！”大家都说。送来这只人造夜莺的那人马上就获得了一个称号：“皇家首席夜莺使者”。

“现在让它们在一起唱吧，那将是多么好听的双重奏啊！”

这样，它们就得在一起唱了。不过这个办法却行不通，因为那只真正的夜莺只是按照自己的方式随意唱，而这只人造的鸟儿只能唱“华尔兹舞曲”那个老调。

“这不能怪它，”乐师说，“它唱得非常合拍，而且是属于我的这个学派。”

现在这只人造的鸟儿只好单独唱了。它所获得的成功，比得上那只真正的夜莺。此外，它的外表漂亮得多——它闪耀得如同金手钏和领扣。

它把同样的调子唱了三十三次，而且还不觉得疲倦。大家都愿意继续听下去，皇帝说那只活的夜莺也应该唱点什么东西才好。可是它到什么地方去了呢？谁也没有注意到它已经飞出了窗子，回到它的青翠的树林里去了。

“这是什么意思呢？”皇帝说。

所有的朝臣都咒骂那只夜莺，说它是一个忘恩负义的东西。

“我们总算是有了一只最好的鸟了。”他们说。

因此那只人造的鸟儿又得唱起来了。他们把那个同样的曲调又听了第三十四次。虽然如此，他们还是记不住它，因为这是一个很难的曲调。乐师把这只鸟儿大大地称赞了一番。是的，他很肯定地说，它比那只真的夜莺要好得多：不仅就它的羽毛和许多钻石来说，即使就它的内部来说，也是如此。

“因为，淑女和绅士们，特别是皇上陛下，你们各位要知道，你们永远也猜不到一只真的夜莺会唱出什么歌来，然而在这只人造夜莺的身体里，一切早就安排好了：要它唱什么曲调，它就唱什么曲调！你可以说出一个道理来，可以把它拆开，可以看出它的内部活动：它的‘华尔兹舞曲’是从什么地方起，到什么地方止，会有什么别的东西接上来。”

“这正是我们的要求。”大家都说。

于是乐师就被批准下星期天把这只雀子公开展览，让民众看一下。皇帝说，老百姓也应该听听它的歌。他们后来也就听到了，同样也是非常满意。愉快的程度正好像他们喝过了茶一样——因为喝茶是中国人的习惯。他们都说：“哎！”同时举起食指，点点头。可是听到过真正的夜莺唱歌的那个渔夫说：

“它唱得倒也不坏，很像一只真鸟儿，不过它似乎总缺少了一种什么东西——虽然我不知道这究竟是什么！”

真正的夜莺从这块土地和这个帝国被放逐出去了。

那只人造夜莺在皇帝床边的一块丝垫子上占了一个位置。它所得到的一切礼品——金子和宝石，都被陈列在它的周围。在称号方面，它已经被封为“高贵皇家夜间歌手”了。在等级上来说，它已经被提升到“左边第一”的位置，因为皇帝认为心房所在的左边是最重要的一边——即使是一个皇帝，他的心也是偏左的。乐师写了一部二十五卷关于这只人造鸟儿的书：这是一部学问渊博、篇幅很长，用那些最难懂的中国字写的一部书。因此大臣们都说，他们都读过这部书，而且还懂得它的内容，因为他们都怕被认为是蠢材而在肚皮上挨揍。

整整一年过去了。皇帝、朝臣们以及其他的中国人都记得这只人造鸟儿所唱的歌中的每一个调儿。不过正因为现在大家都学会了，大家更喜欢这只鸟儿了。大家现在可以跟它一起唱，而他们实际上也就这么做了。街上的孩子们唱：吱——吱——吱——咯噜——咯噜！皇帝自己也唱起来。是的，这真是可爱得很！

一天晚上，当这只人造鸟儿正唱得最好的时候，皇帝正躺在床上静听，这只鸟儿的身体里面忽然发出一阵“嗞嗞”的声音来。有一件什么东西断了。“嘘——”所有的轮子都狂转起来，于是歌声就停止了。

皇帝立即跳下床，命令把他的御医召进来。不过医生又能有什么办法呢？于是大家又去请一个钟表匠来。经过一番磋商和考察以后，他总算把这只鸟儿勉强修好了。不过他说，这只鸟儿今后必须仔细保护，因为它里面的齿轮已经用坏了，要配上新的且能奏出音乐，是一件困难的工作。这真是一件悲哀的事情！这只鸟儿只能一年唱一次，而这还要算是用得过火呢！不过乐师做了一个短短的演说——里面全是些难懂的字眼——他说这鸟儿是跟从前一样好，因此当然是跟从前一样好……

五个年头过去了。一件真正悲哀的事情终于来到了这个国家，因为这个国家的人都是很喜欢他们的皇帝的，而他现在却病了，据说他将不久于人世。新的皇帝已经选好了。老百姓都跑到街上来，向侍臣探问他们的老皇帝的病情。

“呸！”他摇摇头说。

皇帝躺在他华丽的大床上，冷冰冰的，面色惨白。整个宫廷的人都以为他死了，每个人都跑到新皇帝那儿去致敬。男仆人都跑出来谈论这件事，丫鬟们开起盛大的咖啡会来。所有的地方，在大厅和走廊里，都铺上了布，使得脚步声不至于响起来；所以这儿现在很静寂，非常静寂。可是皇帝还没有死：他僵直地、惨白地躺在华丽的床上——床上悬着天鹅绒的帷幔，帷幔上缀着厚厚的金丝穗子。屋顶上面的天窗是开着的；月亮照在皇帝和那只人造鸟儿的身上。

这位可怜的皇帝几乎不能呼吸了。他的胸口上好像有一件什么东西压着。他睁开眼睛，看到死神坐在他的胸口上，并且还戴上了他的金王冠，一只手拿着皇帝的宝剑，另一只手拿着他的华贵的令旗。四周有许多奇形怪状的脑袋从天鹅绒帷幔的褶纹里偷偷地伸出来，有的很丑，有的温和可爱。这些东西都代表皇帝所做过的好事和坏事。现在死神坐在他的心坎上，这些奇形怪状的脑袋就特地伸出头来看他。

“你记得这件事吗？”它们一个接着一个地低语着，“你记得那件事吗？”它们告诉他许多事情，弄得他的前额冒出了许多汗珠。

“我不知道这件事！”皇帝说，“快把音乐奏起来！快把

音乐奏起来！快把大鼓敲起来！”他叫出声来，“好使得我听不到它们讲的这些事情呀！”

然而它们还是不停地在讲。死神对它们所讲的话点点头——像中国人那样的点法。

“把音乐奏起来呀！把音乐奏起来呀！”皇帝叫起来，“你这只贵重的小金鸟儿，唱吧，唱吧！我曾送给你贵重的金礼品，我曾经亲自把我的金拖鞋挂在你的脖颈上——现在请唱呀，唱呀！”

可是这只鸟儿站着动也不动一下，因为没有谁来替它上好发条，而它不上好发条就唱不出歌来。死神继续用他空洞的大眼睛盯着这位皇帝。四周是静寂的，可怕的静寂。

正在这时候，窗子那儿有一个最美丽的歌声唱起来了。这就是那只小小的、活的夜莺。它栖在外面的一根树枝上，它听到皇帝可悲的境况，它现在特地来对他唱点安慰和希望的歌。当它唱着的时候，那些幽灵的面孔就渐渐地变得淡了。同时在皇帝孱弱的肢体里，血也开始流动得活跃起来。甚至死神自己也开始听起歌来，而且还说：“唱吧，小小的夜莺，请唱下去吧！”

“不过，你愿意给我那把美丽的金剑吗？你愿意给我那面华贵的令旗吗？你愿意给我那顶皇帝的冠冕吗？”

死神把这些宝贵的东西都交了出来，以换取一支歌。于是夜莺不停地唱下去。它歌唱那安静的墓地——那儿生长着白色的玫瑰花，那儿的接骨木树发出甜蜜的香气，那儿新草染上了未亡人的眼泪。死神这时就眷恋地思念起自己的花园来；于是，他就变成一股寒冷的白雾，在窗口消逝了。

“多谢你！多谢你！”皇帝说，“你这只神圣的小鸟！我现在懂得你了。我把你从我的土地和帝国赶出去，而你却用歌声把那些邪恶的面孔从我的床边驱走，同时也把死神从我的心中去掉。我将用什么东西来报答你呢？”

“您已经报答我了！”夜莺说，“当我第一次唱的时候，我从您的眼里得到了您的泪珠，我将永远忘不了这件事。每一滴眼泪是一颗珠宝，它可以使得一个歌者心花开放。不过现在请您睡吧，请您保养精神，变得健康起来吧，我将再为您唱一支歌。”

于是它又唱起来——皇帝甜蜜地睡着了。啊，这一觉是多么温和，多么愉快啊！

当他醒来，感到神志清醒、体力恢复了的时候，太阳光从窗子里射进来，照在他的身上。他的侍从一个也没有来，因为他们以为他死了。但是夜莺仍然立在他的身边，唱着歌。

“请你永远跟我住在一起吧，”皇帝说，“你喜欢怎样唱就怎样唱。我将把那只人造鸟儿撕成一千块碎片。”

“请不要这样做吧，”夜莺说，“它已经尽了它最大的努力。让它仍然留在您的身边吧。我不能在宫里筑一个窠住下来。不过，当我想到要来的时候，就请您让我来吧。我将在黄昏的时候栖在窗外的树枝上，为您唱支什么歌，让您快乐，也让您深思。我将歌唱那些幸福的人和那些受难的人。我将歌唱隐藏在您周围的善和恶。您的小小的歌鸟现在要远行了，它要飞到那个穷苦的渔夫身旁去，飞到农民的屋顶上去，飞到住得离您和您的宫廷很远的每个人身边去。比起您的王冠来，我更爱您的心，然而王冠却也有它神圣的一面。我将会再来，为您唱歌——不过，我要求您答应我一件事。”

“什么事都成！”皇帝说。他亲自穿上他的朝服站着，同时把他那把沉重的金剑按在怀里。

“我要求您一件事，请您不要告诉任何人，说您有一只会把什么事情都讲给您听的小鸟。只有这样，一切才会美好。”

于是夜莺就飞走了。

侍从们都进来瞧瞧他们死去了的皇帝——是的，他们都站在那儿，而皇帝却说：“早安！”

小鬼和小商人

从前，有一个名副其实的学生，他住在一间顶楼里，什么也没有；同时，有一个名副其实的小商人，住在第一层楼上，拥有整幢房子。一个小鬼就跟这个小商人住在一起，因为在这儿，在每个圣诞节的前夕，他总能得到一盘麦片粥吃，里面还有一大块黄油！这个小商人能够供给这点东西，所以小鬼就住

在他的店里，而这件事是富有教育意义的。

有一天晚上，学生从后门走进来，给自己买点蜡烛和干奶酪。他没有人为他跑腿，因此才亲自来买。他买到了所需要的东西，也付了钱。小商人和他的太太对他点点头，表示祝他晚安。这位太太能做的事情并不只点头这一项——她还有会讲话的天分。

学生也点了点头。接着他忽然站着不动，读起包干奶酪的那张纸上的字来了。这是从一本旧书上撕下的一页纸。这页纸本来是不应该撕掉的，因为这是一部很旧的诗集。

“这样的书多的是！”小商人说，“我用几粒咖啡豆从一个老太婆那儿换来的。你只要给我三个铜板，就可以把剩下的全部拿去。”

“谢谢，”学生说，“请你给我这本书，把干奶酪收回去吧；我只吃黄油面包就够了。把一整本书撕得乱七八糟，真是一桩罪过。你是一个能干的人，一个讲究实际的人，不过就诗来说，你不会比那个盆子懂得更多。”

这句话说得很没有礼貌，特别是用那个盆子作比喻。但是小商人大笑起来，学生也大笑起来，因为这句话不过是开开玩笑罢了。但是那个小鬼却生了气：居然有人敢对一个卖最好的黄油的商人兼房东说出这样的话来。

黑夜到来了，店铺关上了门；除了学生以外，所有的人都上床去睡了。这时小鬼就走进来，拿起小商人的太太的舌头，因为她在睡觉的时候并不需要它。只要他把这舌头放在屋子里的任何物件上，这物件就能发出声音，讲起话来，而且还可以像太太一样，表示出它的思想和感情。不过一次只能有一件东西利用这舌头，而这倒也是一桩幸事，否则它们就要彼此打断话头了。

小鬼把舌头放在那个装报纸的盆里。“有人说你不懂得诗是什么东西，”他问，“这话是真的吗？”

“我当然懂得，”盆子说，“诗是一种印在报纸上补白的东西，可以随便剪掉不要。我相信，我身体里的诗要比那个学生多得多。但是对小商人来说，我不过是一个没有价值的盆子罢了。”

于是小鬼再把舌头放在一个咖啡磨上。哎哟！咖啡磨简直成了一个话匣子了！于是他又把舌头放在一个黄油桶上，然后又放到钱匣子上——它们的意见都跟盆子的意见一样，而多数人的意见是必须尊重的。

“好吧，我要把这意见告诉那个学生！”

于是小鬼就静悄悄地从一个后楼梯走上学生所住的那间顶楼。房里还点着蜡烛。小鬼从门锁孔里朝里面偷看。他瞧见学生正在读他从楼下拿去的那本破书。

这房间里是多么亮啊！那本书里冒出一根亮晶晶的光柱。它扩大成为一根树干，变成了一株大树。它长得非常高，而且它的枝丫还在学生的头上向四面伸展开来。每片叶子都很新鲜，每朵花儿都是一个美女的面孔：脸上的眼睛有的乌黑发亮，有的蓝得分外晶莹。每一个果子都是一颗明亮的星；此外，房里还有美妙的歌声和音乐。

嘿！这样华丽的景象是小鬼从没有想到过的，更谈不上看见过或听到过了。他踮着脚尖站在那儿，望了又望，直到房里的光灭掉为止。学生把灯吹熄，上床睡觉去了。但是小鬼仍旧站在那儿，因为音乐还没有停止，声音既柔和，又美丽；对于躺着休息的学生来说，它真算得上是一支美妙的催眠曲。

“这真是美丽极了！”小鬼说，“这真是出乎我的想象之外！我倒很想跟这学生住在一起哩。”

接着他很有理智地考虑了一下，叹了一口气：“这学生可没有粥给我吃！”所以他还是走下楼来，回到那个小商人家里去了。他回来得正是时候，因为那个盆子几乎把太太的舌头用烂了：它已经把身子这一面所装的东西全都讲完了，现在它正打算翻转身来把另一面再讲一通。正在这时候，小鬼来到了，把这舌头拿走，还给了太太。不过从这时候起，整个的店——从钱匣一直到木柴——都随声附和盆子了。它们尊敬它，五体投地地佩服它，弄得后来店老板晚间在报纸上读到艺术和戏剧批评文章时，它们都相信这是盆子的意见。

但是小鬼再也没有办法安安静静地坐着，听它们卖弄智慧和学问了。不成，只要顶楼上一有灯光射出来，他就觉得这些光线好像就是锚索，硬要把他拉上去。他不得不爬上去，把眼睛贴着那个小钥匙孔朝里面望。他胸中起了一种豪迈的感觉，就像我们站在波涛汹涌的、正受暴风雨袭击的大海旁边一样。他不禁凄然泪下！他也不知道自己为什么要流眼泪，不过他在流泪的时候却有一种幸福之感：跟学生一起坐在那株树下该是多么幸福啊！然而这是做不到的事情——他能在小孔里看一下也就很满足了。

他站在寒冷的楼梯上，秋风从阁楼的圆窗吹进来。天气变得非常冷了。不过，只有当顶楼上的灯灭了和音乐停止了的时候，这个小矮子才开始感觉到冷。嘿！这时他就颤抖起来，爬下楼梯，回到他那个温暖的角落里去了。那儿很舒服和安适！

圣诞节的粥和一大块黄油来了——的确，这时他体会到小商人是他的主人。

不过半夜的时候，小鬼被窗扉上一阵可怕的敲击声惊醒了。外面有人在大喊大叫。守夜人在吹号角，因为发生了火灾——整条街上都是一片火焰。火是在自己家里烧起来的呢，还是在隔壁房里烧起来的呢？究竟是在什么地方烧起来的呢？大家都陷入恐怖中。

小商人的太太给弄糊涂了，连忙扯下耳朵上的金耳环，塞进衣袋，以为这样总算救出了一点东西。小商人则忙着去找他的股票，女用人跑去找她的黑绸披风——因为她没有钱再买这样一件衣服。每个人都想救出自己最好的东西。小鬼当然也是这样。他几步就跑到楼上，一直跑进学生的房里。学生正泰然自若地站在一个开着的窗子面前，眺望着对面那幢房子里的火焰。小鬼把放在桌上的那本奇书抢过来，塞进自己的小红帽里，同时用双手捧着帽子。现在这一家的最好的宝物总算救出来了！所以他就赶快逃跑，一直跑到屋顶上，跑到烟囱上去。他坐在那儿，对面那幢房子的火光照着他——他双手抱着那顶藏有宝贝的帽子。现在他知道他心里的真正感情，知道他的心真正向着谁了。不过等到火被救熄以后，等到他的头脑冷静下来以后——嘿……

“我得把我分给两个人，”他说，“为了那碗粥，我不能舍弃那个小商人！”

这话说得很近人情！我们大家也到小商人那儿去——为了我们的粥。

老头子做事总不会错

现在我要告诉你一个故事。那是我小时候听来的。从那时起，我每次想到它，就似乎觉得它更可爱。故事也跟许多人一样，年纪越大，就越显得可爱。这真是有趣极了！

我想你一定到乡下去过吧？你一定看到过一个老农舍。

屋顶是草扎的，上面零乱地长了许多青苔和小植物。屋脊上有一个鹳鸟窠，因为我们没有鹳鸟是不成的。墙儿都有些倾斜，窗子也都很低，而且只有一扇窗子是可以开的。面包炉从墙上凸出来，像一个胖胖的小肚皮。有一株接骨木树斜斜地靠着围篱。这儿有一株结着疤的柳树，树下有一个小水池，池里有一只母鸭和一群小鸭。是的，还有一只看家犬。它对什么来客都要叫几声。

乡下就只有这么一个农舍。这里面住着一对年老的夫妇——一个庄稼人和他的妻子。不管他们的财产少得多么可怜，他们总觉得放弃件把东西没有什么关系。比如他们的一匹马就可以放弃。它依靠路旁沟里的一些青草活着。老农人到城里去骑着它；他的邻居借它去用，偶尔帮助这对老夫妇做点活，作为报酬。不过他们觉得最好还是把这匹马卖掉，或者用它交换些对他们更有用的东西。但是应该换些什么东西呢？

“老头子，你知道得最清楚呀，”老太婆说，“今天镇上是集日，你骑着它到城里去，把这匹马卖点钱回来，或者交换一点什么好东西。你做的事总不会错的。快到集上去吧。”

于是她替他裹好围巾，因为她做这件事比他能干。她把它打成一个双蝴蝶结，看起来非常漂亮。然后她用手掌心把他的帽子擦了几下，同时在他温暖的嘴上吻了一下。这样，他就骑着这匹马儿走了。他要拿它去卖，或者把它换一件什么东西。是的，老头儿知道他应该怎样来办事情的。

太阳照得像火一样，天上见不到一块乌云。路上布满了灰尘，因为有许多去赶集的人不是赶着车子，便是骑着马，或者步行。太阳是火热的，路上没有一块地方可以找到荫凉处。

这时有一个人拖着步子，赶着一头母牛走来，这头母牛很漂亮，不比任何母牛差。

它一定能产出最好的奶！农人想，把马儿换一头牛吧——这一定很合算。

“喂，你牵着一头牛！”他说，“我们可不可以在一起聊几句？听我讲吧——我想一匹马比一头牛的价值大，不过这点我倒不在乎。一头牛对于我更有用。你愿意跟我交换吗？”

“我当然愿意的！”牵着牛的人说。于是他们就交换了。

这桩生意就做成了。农人可以回家去了，因为他所要做的事情已经做了。不过他既然计划去赶集，他就决定去赶集，去看一下也好。因此他就牵着他的牛去了。

他很快地向前走，牛也很快地向前走。不一会儿，他们赶上了一个赶羊的人。这是一只很漂亮的羊，非常健壮，毛也好。

我倒很想有这匹牲口，农人心想，它可以在我们的沟旁边找到许多草吃。冬天它可以跟我们一起待在屋子里。有一只羊可能比有一头牛更实际些吧。我们交换好吗？

赶羊人当然很愿意，所以这笔生意马上就成交了。于是农人就牵着他的一只羊在大路上继续往前走。

他在路上一个横栅栏旁边看到另一个人，这人臂下夹着一只大鹅。

“你夹着一个多么重的家伙！”农人说，“它的毛长得多，而且它又很肥！如果把它系上一根线，放在我们的小池子里，那倒是蛮好的呢。我的老女人可以收集些菜头、果皮给它吃。她说过不知多少次：‘我真希望有一只鹅！’现在她可以有一只了——它应该属于她才是。你愿不愿交换？我用我的羊换你的鹅，而且我还要感谢你。”

对方一点也不表示反对，所以他们就交换了，这个农人得到了一只鹅。

这时他已经走进了城。公路上的人越来越多，人和牲口挤作一团。他们在路上走，紧贴着沟沿走，一直走到栅栏那儿收税人的马铃薯田里去了。这人有一只母鸡，它被系在田里，为的是怕人多把它吓慌了，弄得它跑掉。这是一只短尾巴的鸡，它不停地眨着眼睛，看起来倒是蛮漂亮的。“咕！咕！”这鸡说。它说这话的时候，究竟心中在想什么，我不能告诉你。不过，这个种田人一看见，心中就想：这是我一生所看到的最好的鸡！咳，它甚至比我们牧师的那只抱窝鸡还要好。我的天，我倒很想有这只鸡哩！一只鸡总会找到一些麦粒，自己养活自己的。我想拿这只鹅来换这只鸡，一定不会吃亏。

“我们交换好吗？”他说。

“交换！”对方说，“嗯，那也不坏！”

这样，他们就交换了。栅栏旁的那个收税人得到了鹅，这个庄稼人带走了鸡。

他在赶集的路上已经做了不少的生意了。天气很热，他也感到累了，他想吃点东西，喝一杯烧酒。他现在来到了一个酒店门口，他正想要走进去，但店里一个伙计走出来了；他们恰恰在门口碰头。这伙计背着一满袋子的东西。

“你袋子里装的是什么东西？”农人问。

“烂苹果，”伙计说，“一满袋子喂猪的烂苹果。”

“这堆东西可不少！我倒希望我的老婆能见见这个世面呢。去年我们炭棚子旁的那棵老苹果树只结了一个苹果。我们把它保存起来，它待在碗柜一直待到裂开为止。‘那总算是一笔财产呀。’我的老婆说。现在她可以看到一大堆财产了！是的，我希望她能看看。”

“你打算出什么价钱呢？”伙计问。

“价钱吗？我想拿我的鸡来交换。”

所以他就拿出那只鸡来，换得了一袋子烂苹果。他走进酒店，一直到酒吧间里。他把这袋子苹果放在炉子旁边靠着，一点也没有想到炉子里正烧着火。房间里有许多客人——贩马的，贩牲口的，还有两个英国人：他们非常有钱，他们的腰包都鼓得满满的。他们还打起赌来呢。关于这事的下文，你且听吧。

“*滋——滋——滋！滋——滋——滋！*”炉子旁边发出的是什么声音呢？这是苹果开始烤烂的声音。

“那是什么呢？”

嗯，他们不久就知道了。他怎样把一匹马换得了一头牛，以及随后一连串的交换，一直到换得烂苹果为止的这整个故事，都由他亲自讲出来了。

“乖乖！你回到家里，保管你的老婆会结结实实地打你一顿！”那两个英国人说，“她一定会跟你吵一阵。”

“我将会得到一个吻，而不是一顿痛打，”这农人说，“我的女人将会说：老头子做的事儿总是对的。”

“我们打一个赌好吗？”他们说，“我们可以用满桶的金币来打赌——一百镑对一百一十二镑！”

“一斗金币就够了，”农人回答说，“我只能拿出一斗苹果来打赌，但是我可以把我自己和我的老女人加进去——我想这加起来可以抵得上总数吧。”

“好极了！好极了！”他们说。于是赌注就这么确定了。

店老板的车子开出来了。那两个英国人坐上去，农人也上去，烂苹果也放上去了。不一会儿，他们来到了农人的屋子面前。

“晚安，老太太。”

“晚安，老头子。”

“我已经把东西换来了！”

“是的，你自己做的事你自己知道。”老太婆说。

于是她拥抱着他，把那袋东西和客人们都忘记掉了。

“我把那匹马换了一头母牛。”他说。

“感谢老天爷，我们有牛奶吃了，”老太婆说，“现在我们桌上可以有奶做的食物、黄油和干奶酪了！这真是一桩最好的交易！”

“是的，不过我把那头牛换了一只羊。”

“啊，那更好！”老太婆说，“你想得真周到。我们给羊吃的草有的是。现在我们可以有羊奶、羊奶酪、羊毛袜子了！是的，还可以有羊毛睡衣！一头母牛可产生不了这么多的东西！它的毛只会白白地落掉。你真是一个想得非常周到的丈夫！”

“不过我把羊又换了一只鹅！”

“亲爱的老头子，那么我们今年马丁节的时候可以有鹅肉吃了。你老是想种种办法来使我快乐。这真是一个美妙的想法！我们可以把这鹅系住，在马丁节以前它就可以长肥了。”

“不过我把这只鹅换了一只鸡。”丈夫说。

“一只鸡？这桩交易做得好！”老太婆说，“鸡会生蛋，蛋可以孵小鸡，那么我们将要有一大群小鸡，将可以养一大院子的鸡了！啊，这正是我所希望的一件事。”

“是的，不过我已经把那只鸡换了一袋子烂苹果。”

“现在我非得给你一个吻不可，”老太婆说，“谢谢你，我的好丈夫！现在我要告诉你一件事。你知道，今天你离开以后，我就想今晚要做一点好东西给你吃。我想最好是鸡蛋饼加点香菜。我有鸡蛋，不过我没有香菜。所以我到学校老师那儿去——我知道他们种了香菜。不过老师的太太，那个宝贝婆娘，是一个吝啬的女人。我请求她借给我一点。‘借？’她对我说，‘我们的菜园里什么也不长，连一个烂苹果都不结。我甚至连一个苹果都没法借给你呢。’不过现在我可以借给她十个，甚至一整袋子烂苹果呢。老头子，这真叫人好笑！”

她说完这话后就在他的嘴上啄了一个响亮的吻。

“我喜欢看这幅情景！”那两个英国人齐声说，“老是走下坡路，却老是快乐。这件事本身就值钱。”

所以他们就付给这个种田人一百一十二镑金子，因为他没有挨打，而是得到了吻。

是的，如果一个太太相信自己丈夫是世上最聪明的人和承认他所做的事总是对的，她一定会得到好处。

请听着，这是一个故事！这是我在小时候听到的。现在你也听到它了，并且知道那个老头子做的事儿总是对的。

一枚银毫

从前有一枚毫子，当他从造币厂里走出来的时候，他容光焕发，又跳又叫："万岁！我现在要到广大的世界上去了！"于是他就走到这个广大的世界上来了。

孩子用温暖的手捏着他，守财奴用又黏又冷的手抓着他。

老年人翻来覆去地看他，年轻人一把他拿到手里就花掉。这枚毫子是银子做的，身上铜的成分很少；他来到这个世界上已经有一年了——这就是说，在铸造他的这个国家里。但是有一天，他要出国旅行去了。他是他旅行的主人的钱袋中最后一枚本国钱。这位绅士只有当这钱来到手上时才知道有他。

“我手中居然还剩下一枚本国钱！”他说，“那么他可以跟我一起去旅行了。”

当他把这枚毫子仍旧放进钱袋的时候，毫子就发出“当啷”的响声，高兴得跳起来。他现在跟一些陌生的朋友在一起，这些朋友来了又去，留下空位子给后来的人填。不过这枚本国毫子老是待在钱袋里，这是一种光荣。

好几个星期过去了。毫子在这世界上已经跑得很远，弄得连他自己也不知道究竟到了什么地方。他只是从别的钱币那里听说，他们不是法国造的，就是意大利造的。一个说，他们到了某某城市；另一个说，他们是在某某地方。不过毫子对于这些说法完全摸不着头脑。一个人如果老是待在袋子里，当然是什么也看不见的。毫子的情形正是这样的。

不过有一天，当他正躺在钱袋里的时候，他发现袋子没有扣上。因此他就偷偷地爬到袋口，朝外面望了几眼。他不应该这样做，不过他很好奇——人们常常要为这种好奇心付出代价的。他轻轻地溜到裤袋里去。这天晚上，当钱袋被取出的时候，毫子却在他原来的地方留下来了。他和其他的衣服一道，被送到走廊上去了。他在这儿滚到地上，谁也没有听到他，谁也没有看到他。

第二天早晨，这些衣服又被送回房里来了。那位绅士穿上了，继续他的旅行，而这枚毫子却被留在后面。他被发现了，所以就不得不又出来为人们服务。他跟另外三块钱一起被用出去了。

“看看周围的事物是一桩愉快的事情，”毫子想，“认识许多人和知道许多风俗习惯，也是一桩愉快的事情。”

“这是一枚什么毫子？”这时有一个人说，“它不是这国家的钱，它是一枚假钱，一点用也没有。”

毫子的故事，根据他自己所讲的，就从这儿开始。

“假货——一点用也没有！这话真叫我伤心！”毫子说，“我知道我是上好的银子铸成的，敲起来响亮，官印是真的。这些人一定是弄错了。他们绝不是指我！不过，是的，他们是指我。他们特地把我叫作假货，说我没有一点用。‘我得偷偷地把这家伙使用出去！’得到我的那个人说，于是我就在黑夜里被人转手，在白天被人咒骂——‘假货——没有用！我得赶快把它使用出去’。”

每次当银毫被偷偷地当作一枚本国钱币转手的时候，他就在人家的手中发抖。

“我是一枚多么可怜的毫子啊！如果我的银子、我的价值、我的官印都没有用处，那么它们对于我又有什么意义呢？在世人的眼中，人们认为你有价值才算有价值。我本来是没有罪的。因为我的外表对我不利，就显得有罪，于是我就不得不在罪恶的道路上偷偷摸摸地爬来爬去。我因此而感到心中不安，这真是可怕！——每次当我被拿出来的时候，一想起世人望着我的那些眼睛，我就战栗起来，因为我知道我将会被当作一个骗子和假货退回去，扔到桌子上的。

“有一次我落到一个穷苦老太婆的手里，作为她一天辛苦劳动的工资。她完全没有办法把我扔掉。谁也不要我，结果我成了她的一件沉重的心事。

“‘我不得不用这毫子去骗一个什么人，’她说，‘因为我没有力量收藏一枚假钱。那个有钱的面包师应该得到它，他有能力吃这点亏——不过，虽然如此，我也不能干这件事。’”

“那么我也只好成了这老太婆良心上的一个负担了，”银毫叹了一口气，“难道我到了晚年真的要改变得这么多吗？

“于是老太婆就到有钱的面包师那儿去。这人非常熟悉市上一般流行的毫子，我没有办法使他接受。他当面就把我扔回给那个老太婆。她因此也就没有用我买到面包。我感到万分难过，觉得我居然成了别人苦痛的源泉——而我在年轻的时候却是那么快乐，那么自信：我认识到我的价值和我的官印。我真是忧郁得很，一枚人家不要的毫子所能有的苦痛，我全有了。不过那个老太婆又把我带回家去。她以一种友爱和温和的态度热情地看着我。‘不，我将不用你去欺骗任何人，’她说，‘我将在你身上打一个眼，好使人们一看就知道你是假货。不过——我刚才想到——你可能是一枚吉祥的毫子。我相信这是真的。这个想法在我脑子里的印象很深。我将在这毫子上打一个洞，穿一根线，把它作为一枚吉祥的毫子挂在邻居家一个小孩的脖子上。’

“因此她就在我身上打了一个洞。被人敲出一个洞来当然不是一桩很痛快的事情，不过，只要人们的用意是善良的，许多苦痛也就可以忍受了。我身上穿进了一根线，于是我就变成了一枚徽章，挂在一个小孩子的脖子上。这孩子对着我微笑，吻着我，我整夜躺在他温暖的、天真的胸脯上。

“早晨到来的时候，孩子的母亲就把我拿到手上，研究我。她对我有她自己的一套想法——这一点我马上就能感觉出来。她取出一把剪刀来，把这根线剪断了。

“‘一枚吉祥的毫子！’她说，‘嗯，我马上就能看得出来。’

“她把我放进醋里，使我变得全身发绿。然后她把这洞塞住，把我擦了一会儿。接着在傍晚的黄昏中，把我带到一个卖彩票的人那儿去，用我买了一张可以使她发财的彩票。

“我是多么痛苦啊！我的内心有一种刺痛的感觉，好像我要破裂似的。我知道，我将会被人叫作假货，被人扔掉——而且在一大堆别的毫子和钱币面前扔掉。他们的脸上都刻着字和人像，可以因此觉得了不起。但是我溜走了。卖彩票的人的房里有许多人，他忙得很，所以我“当啷”一声就跟许多其他的钱币滚进匣子里去了。究竟用我买的那张彩票中了奖没有，我一点也不知道。不过有一点我是知道的，那就是第二天早晨人们将会认出我是一个假货，而把我拿去继续不断地欺骗人。这是一种令人非常难受的事情，特别是你自己的品行本来很好——我自己不能否认我的这一点。

“有好长一段时间，我就是从这只手里转到那只手里，从这一家跑到那一家，我老是被人咒骂，老是被人瞧不起。谁也不相信我，我对于自己和世人都失去了信心。这真是一种很不好过的日子。

“最后，有一天一个旅客来了。我当然被转到他的手中去，他这人也天真得很，居然接受了我，把我当作一枚通用的货币。不过他也想把我用出去。于是我又听到一个叫声：‘没有用——假货！’

“‘我是把它作为真货接收过来的呀。’这人说。然后他仔细地看了我一下，忽然满脸露出笑容——我以前从没有看到任何面孔在看到我的时候会露出这样的表情。‘嗨，这是什么？’他说，‘这原来是我本国的一枚钱，一个从我家乡来的、诚实的、老好的毫子，而人们却把它敲出一个洞，还要把它当作假货。嗯，这倒是一件妙事！我要把它留下来，一起带回家去。’

“我一听到我被叫作老好的、诚实的毫子，我全身都感到快乐。现在我将要被带回家去。在那儿每个人都将会认得我，会知道我是用真正的银子铸出来的，并且盖着官印，我高兴得几乎要冒出火星来。然而我究竟没有冒出火星的性能，因为那是钢铁的特性，而不是银子的特性。

“我被包在一张干净的白纸里，好使我不要跟别的钱币混在一起而被用出去。只有在喜庆的场合、当许多本国人聚集在一起的时候，我才被拿出来给大家看。大家都称赞我，他们说我很有趣——说来很妙，一个人可以不说一句话而仍然会显得有趣。

“最后我总算是回到家里来了。我的一切烦恼都宣告结束。我的快乐又开始了，因为我是好银子制的，而且盖有真正的官印。我再也没有苦恼的事儿要忍受了，虽然我像一枚假钱币一样，身上已经被穿了一个孔。但是假如一个人实际上并不是一件假货，那又有什么关系呢？一个人应该等到最后一刻，他的冤屈总会被申雪的——这是我的信仰。”毫子说。

恋人

一个陀螺和一个球儿跟许多别的玩具一起待在一个抽屉里。陀螺对球儿说：

“既然我们一起住在一个匣子里，让我们来做一对恋人好不好？”

球儿是用鞣皮缝的，所以她像一个时髦的小姐一样，骄

傲得不可一世，对于这个话题根本不做回答。

第二天，这些玩具的主人（一个小孩子）来了，他把陀螺涂上了一层红黄相间的颜色，同时在他身上钉了个铜钉，所以当这个陀螺嗡嗡地转起来的时候，样子非常漂亮！

“请瞧瞧我！”他对球儿说，“你现在有什么话讲呢？我们订婚好吗？我们两人配得非常好！你能跳，我能舞。谁也不会像我们这样幸福的！”

“嗨，你居然有这个想头！”球儿说，“可能你还不知道我的爸爸和妈妈曾经是一双鞣皮拖鞋，我的内部有一块软木吧？”

“知道，不过我是桃花心木做的，”陀螺说，“而且还是市长亲手把我车出来的。他自己有一个车床，他做这种工作时会感到极大的愉快。”

“我能相信这话吗？”球儿问。

“如果我撒谎，那么愿没有人来抽我！”陀螺回答说。

“你倒是会奉承自己，”球儿说，“不过我不能答应你的请求。我也算是和一只燕子订了一半的婚吧：每次当我跳到空中去的时候，他就把头从窠里伸出来，同时说：‘你答应吗？你答应吗？’我已经在心里说了一声‘我答应’。这差不多等于是一半订婚了。不过我答应你，我将永远也不忘记你。”

“好，那也很不坏！”陀螺说。

他们此后就再也不讲话了。

第二天，小孩把球儿拿出去。陀螺看到她多么像一只鸟儿，高高地向空中飞，最后人们连她的影子都看不见了。但她每次都飞回来，不过当她一接触到地面时，马上就又跳到空中去了——这是因为她急迫地想要高攀，或是因为她身体里有一块软木吧。不过，到第九次的时候，这球儿忽然不见了，再也没有回来。小孩子找了又找，但是她失踪了。

“我知道她在什么地方。”陀螺叹了一口气说，“她是在燕子的窠里，跟燕子结婚了！”

陀螺越想着这事，就越怀念球儿。正因为他得不到这只球，他对她的爱情就越发加深。在这件事情中最令人奇怪的是，她居然选择了另外一个对象。陀螺跳着舞，哼着歌，可是心中一直怀恋着球儿——在他的想象中，球儿变得越来越美丽。好几年的光阴就这么过去了，这已经成了“旧恋”。

但这陀螺已经不再年轻了——不过有一天，他全身涂上了一层金，他从来没有像现在这样漂亮过。他现在是一个金陀螺，他跳着，一直跳到他唱出嗡嗡的歌声来。是的，这情景值得欣赏一下！可是忽然间，他跳得太高，于是他失踪了！

大家找了又找，甚至到地下室里去找过，但是没有办法找到他。

他到什么地方去了呢？原来他跳到垃圾箱里去了——这儿什么东西都有：白菜梗啦，垃圾啦，从屋顶上落下的沙粒啦。

“我来到的这块地方真妙！我身上的金现在要离开我了。我简直是落到一批乞丐中来了！”于是他向旁边一根被剥得精光的长白菜梗子斜望了一眼，又向一个颇像老苹果的、奇怪的圆东西瞧了一下——但这并不是苹果，而是那只老球儿！她在屋顶上的水笕里躺了许多年，完全被水浸涨了。

“谢天谢地，现在总算来了一位有身份的人，可以跟我聊聊天了！”球儿说，同时向这个金陀螺瞟了一眼，“我是真正的鞣皮制的，由姑娘亲手缝出来的，而且我身体里还有一块软木，但是谁在我身上都看不出来！我几乎要跟一只燕子结婚，不过却落到屋顶上的水笕里去了，在那儿我整整待了五个年头，弄得全身透湿！请你相信我，对于一个年轻姑娘来说，这段时间是太长了。”

不过陀螺什么也不说。他回想起他的“旧恋”。他越听越明白：这就是她。

这时一个小丫头来了。她要倒掉这箱垃圾。

“哎哟！金陀螺原来就在这儿啦！”她说。

于是金陀螺又被拿进屋子里来了，引起人的注意和尊敬。可是那个球儿呢，一点下文也没有。陀螺再也不说他的“旧恋”了，因为，当爱人在屋顶上的水笕里待了五年、弄得全身透湿的时候，“爱情”也就无形地消逝了。是的，当人们在垃圾箱里遇到她的时候，谁也认不得她了。

枞树

外边的大树林里长着一株非常可爱的小枞树。它生长的地点很好，能得到太阳光和充分的新鲜空气，周围还有许多大朋友——松树和别的枞树。不过这株小枞树急着要长大，它一点也不理睬温暖的太阳和新鲜的空气。当农家的小孩子出来找草莓和覆盆子，走来走去闲散地聊天的时候，它也不理会他

们。有时他们带着满钵子的，或用草穿起来的长串的草莓到来。他们坐在小枞树旁边，说："嗨，这个小东西是多么可爱啊！"而这株树一点也不愿意听这话。

一年以后它长了一节，再过一年它又长了一节。因此你只要看枞树有多少节，就知道它长了多少年。

"啊，我希望我像别的树一样，是一株大树！"小枞树叹了一口气说，"那么我就可以把我的枝丫向四周伸展开来，我的头顶就可以看看这个广大的世界！那么鸟儿就可以在我的枝上做窠。当风吹起来的时候，我就可以像别的树一样，煞有介事地点点头了。"

它对于太阳、鸟雀，对于在早晨和晚间飘过去的红云，一点也没有兴趣。

现在是冬天了，四周的积雪发出白亮的光。有时一只兔子跑过来，在小枞树身上跳过去……啊！这才叫它生气呢！不过两个冬天又过去了。当第三个冬天到来的时候，小枞树已经长得很大了，兔子只好绕着它走过去。

啊！生长，生长，长成为大树，然后变老，只有这才是世界上最快乐的事情！小枞树这样想。

在冬天，伐木人照例到来了，砍下几株最大的树。这类事情每年总有一次。这株年轻的枞树现在已经长得相当大了。它有点颤抖起来，因为那些堂皇的大树轰然一声倒到地上来了。它们的枝子被砍掉，全身溜光，又长又瘦——人们简直没有办法认出它们来，但是它们被装上车子，被马儿拉出树林。

它们到什么地方去了呢？它们会变成什么呢？

在春天，当燕子和鹳鸟飞来的时候，枞树就问它们："你们知道人们把它们拖到什么地方去了吗？你们碰到过它们没有？"

燕子什么也不知道。不过鹳鸟很像在想一件事情，连连点着头，同时说：

"是的，我想是的！当我从埃及飞出来的时候，我碰到过许多新船。这些船上有许多美丽的桅杆，我想它们就是那些树。它们发出枞树的气味。我看见过许多次，它们昂着头！它们昂着头！"

"啊，我多么希望我也能长得足够在大海上航行！海究竟是怎样的呢？它是什么样儿的呢？"

"嗨，要解释起来，那可是不简单！"鹳鸟说着便走开了。

"享受你的青春吧，"太阳光说，"享受你蓬勃的生长，享受你身体里新鲜的生命力吧！"

风儿吻着这株树，露珠在它身上滴着眼泪。但是这株树一点也不懂得这些事情。

当圣诞节到来的时候，有许多很年轻的树被砍掉了。有的既不像枞树那样老，也不像它那样大，更不像它那样性急，老想跑开。这些年轻的树儿正是一些最美丽的树儿，它们都保持住它们的枝叶。它们被装上车子；马儿把它们拉出了树林。

"它们到什么地方去呢？"枞树问，"它们并不比我更大。

是的，有一株比我还小得多呢。为什么它们要保留住枝叶呢？它们被送到什么地方去呢？”

“我们知道！我们知道！”麻雀叽叽喳喳地说，“我们在城里朝窗玻璃里面瞧过！我们知道它们到什么地方去！哦！它们要到最富丽堂皇的地方去！我们朝窗子里瞧过。我们看到它们被放在一个温暖房间的中央，身上装饰着许多最美丽的东西——涂了金的苹果啦，蜂蜜做的糕饼啦，玩具啦，以及成千成百的蜡烛啦！”

“后来呢？”枞树问，它所有的枝子都颤动起来了，“后来呢？后来是怎样一个结果呢？”

“嗯，以后的事我们没有看见。不过那是美极了！”

“也许有一天我也不得不走上这条光荣的大道吧！”枞树高兴地说，“这比在海上航行要好得多！我真等待得不耐烦了！我唯愿现在就是圣诞节！现在我已经大了，成人了，像去年被运走的那些树一样！啊，我希望我高高地坐在车子上！我希望我就在那个温暖的房间里，全身打扮得漂漂亮亮！那么，以后呢？是的，以后更好、更美的事情就会到来，不然他们为什么要把我打扮得这样漂亮呢？一定会有更伟大、更美丽的事情到来的。不过是什么事情呢？啊，我真痛苦！我真渴望！我自己也不知道为什么要这样！”

“请你跟我们一道享受你的生活吧！”空气和太阳光说，“请你在自由中享受你新鲜的青春吧！”

不过枞树什么也不能享受。它一直在生长，生长。在冬天和夏天，它老是立在那儿，发绿——深深的绿。看到过它的人说："这是一株美丽的树！"到了圣诞节的时候，它是最先被砍掉了的一株。斧头深深地砍进树心里去，于是它叹了一口气就倒到地上来了：它感到一种痛楚，一阵昏厥，它完全想不起什么快乐。离开自己的家，离开自己根生土长的这块地方，确实是很悲惨的。它知道自己将永远也见不到那些亲爱的老朋友，周围那些小灌木林和花丛了——也许连鸟儿也不会再见到呢，别离真不是什么愉快的事情。

当这树跟许多别的树在院子里一齐被卸下来的时候，它才清醒过来。它听到一个人说：

"这是一株很好看的树，我们只要这一株！"

两位穿得很整齐的仆人走来了，把这枞树抬到一间漂亮的大客厅里去。四边墙上挂着许多画像，在一个大瓷砖砌的火炉旁边立着高大的中国花瓶——盖子上雕塑着狮子，这儿还有摇椅、绸沙发、堆满了画册的大桌子和价值几千几万元的玩具——至少小孩子们是这样讲的。枞树被放进装满了沙子的大盆里。不过谁也不知道这是一个盆，因为它外面围着一层绿布，并且立在一张宽大的杂色地毯上。啊，枞树抖得多厉害啊！现在会有什么事情发生呢？仆人和小姐们都来打扮它。他们把花纸剪的小网袋挂在它的枝子上，每个小网袋里都装满了糖果；涂成金色的苹果和胡桃核也挂在上面，好像它们原来就是生长在上面似的。此外，枝子上还安有一百多根红色、白色和蓝色的小蜡烛。跟活人一模一样的玩偶在树叶间荡来荡去，枞树从来没有看到过这种东西。树顶上还安有一颗银纸做的星星。这真是漂亮，分外地漂亮。

“今晚，”大家说，“今晚它将要放出光明。”

啊，枞树想，我希望现在就已经是夜晚了！啊，我希望蜡烛马上点起来！还有什么会到来呢？也许树林里的树儿会出来看我吧？麻雀会在窗玻璃面前飞过吧？也许我会在这儿生下根来，在夏天和冬天都有这样的打扮吧？

是的，它所知道的就只有这些。它的不安使它得到一种经常皮痛的毛病，而这种皮痛病，对于树说来，其糟糕的程度比得上我们的头痛。

最后，蜡烛亮起来了。多么光辉，多么华丽啊！枞树的每根枝子都在发抖，弄得一根蜡烛烧着了一根小绿枝。这才真叫它痛啦。

“愿上天保佑我们！”年轻的姑娘们都叫起来。她们急忙把火灭掉了。

枞树现在可不敢再发抖了。啊，这真是可怕呀！它非常害怕失掉任何一件装饰品，它们射出的光辉把它弄得头晕目眩。现在那两扇门推开了，许多小孩子涌进来，好像他们要把整个的树都弄倒似的。年纪大的人镇定地跟着他们走进来。这些小家伙站着，保持肃静。不过这只有一分钟的光景。接着他们就欢呼起来，弄出一片乱糟糟的声音。他们围着这株树跳舞，同时把挂在它上面的礼物一件接一件地取走了。

他们打算怎么办呢？枞树想，有什么事情会发生呢？

蜡烛烧到枝子上来了。当它们快要烧完的时候，它们便被扑灭了，这时孩子们便得到准许来掳掠这株树。啊！他们向它冲过来，所有的枝丫都发出折裂声。要不是树顶和顶上的一颗金星被系到天花板上，恐怕它早就倒下来了。

孩子们拿起美丽的玩具在周围跳舞。谁也不想再看这株树了，只有那位老保姆在树枝间东张西望了一下，而她只不过想知道是不是还有无花果或苹果没有被拿走。

“讲一个故事！讲一个故事！”孩子们都嚷着，同时把一位小胖子拖到树这边来。他坐在树底下——“因为这样我们就算是在绿树林里面了，”他说，“树儿听听我的故事也是很好的。不过我只能讲一个故事。你们喜欢听关于依维德·亚维德的故事呢，还是听关于那位滚下了楼梯、却坐上了王位、得到了公主的泥巴球呢？”

“讲依维德·亚维德的故事！”有几个孩子喊着。“讲泥巴球的故事！”另外几个孩子喊着。这时闹声和叫声混作一团。只有枞树默默地不说一句话。它在想：我不能参加进来吗？我不能做一点事儿吗？不过它已经参加了进来，它应该做的事已经做了。

胖子讲着泥巴球的故事——“他滚下楼梯，又坐上了王位，并且得到了公主。”孩子们都拍着手，叫道：“讲下去吧！讲下去吧！”因为他们想听依维德·亚维德的故事，但是他们却只听到了泥巴球的故事。枞树立着，一声不响，只是沉思着。树林里的鸟儿从来没有讲过这样的故事。泥巴球滚下了楼梯，结果仍然得到了公主！是的，世界上的事情就是这样！枞树想，并且以为这完全是真的，因为讲这故事的人是那么一位可爱的人物。“是的，是的，谁能知道呢？可能我有一天也会滚下楼梯，结果却得到一位公主！”于是它很愉快地盼望在第二天晚上又被打扮一番，戴上蜡烛、玩具、金纸和水果。

明天我绝不再颤动了！它想，我将要尽情为我华丽的外表而得意。明天我将要再听泥巴球的故事，可能还听到依维德·亚维德的故事呢。

于是枞树一声不响，想了一整夜。

早晨，仆人和保姆都进来了。

现在我又要漂亮起来了！枞树想。不过他们把它拖出屋子，沿着楼梯一直拖到顶楼上去。他们把它放在一个黑暗的角落里，这儿没有一点阳光可以射进来。

这是什么意思？枞树想，我在这儿干吗呢？我在这儿能听到什么东西呢？

它靠墙站着，思索起来。它现在有的是时间思索；白天和夜晚在不停地过去，谁也不来看它。最后有一个人到来，但是他的目的只不过是要搬几个空箱子放在墙角里罢了。枞树完全被挡住了，人们也似乎把它忘得一干二净了。

现在外边是冬天了！枞树想，土地是硬的，盖上了雪花，人们也不能把我栽下了；因此我才在这儿被藏起来，等待春天的到来！人们想得多么周到啊！人类真是善良！我只希望这儿不是太黑暗、太孤寂得可怕！——连一只小兔子也没有！树林里现在一定是很愉快的地方，雪落得很厚，兔子在跳来跳去；是的，就是它在我头上跳过去也很好——虽然我那时不大喜欢这种举动。这儿现在真是寂寞得可怕呀！

“吱！吱！”这时一只小耗子说，同时跳出来。不一会儿另外一只小耗子又跳出来了。它们在枞树身上嗅了一下，于是便钻进枝丫里面去。

“真是冷得怕人！”两只小耗子说，“否则待在这儿倒是蛮舒服的。老枞树，你说对不对？”

“我一点也不老，”枞树说，“比我年纪大的树多着呢！”

“你是从什么地方来的？”耗子问，“你知道什么东西？”它们现在非常好奇起来。“请告诉我们一点关于世界上最美的地方的事情吧！你到那儿去过吗？你到储藏室去过吗？那儿的架子上放着许多乳饼，天花板下面挂着许多火腿；那儿，我们在蜡烛上跳舞；那儿，我们走进去的时候瘦，出来的时候胖。”

“这个我可不知道，”枞树说，“不过我对于树林很熟悉——那儿太阳照着，鸟儿唱着歌。”

于是它讲了一些关于它的少年时代的故事。

小耗子们从来没有听过这类事情。它们静听着，说：

“嗨，你看到过的东西真多！你曾经是多么幸福啊！”

“我吗？”枞树说，同时把自己讲过的话想了一下，“是的，那的确是非常幸福的一个时期！”于是它叙述圣诞节前夕的故事——那时它身上饰满了糖果和蜡烛。

“啊，”小耗子说，“你曾经是多么幸福啊，你这株老枞树！”

“我并不老呀！”枞树说，“我不过是今年冬天才离开树林的。我是一个青壮年呀！”

“你的故事讲得多美啊！”小耗子说。

第二天夜里，它们带来另外四个小耗子听枞树讲故事。

它越讲得多，就越清楚地回忆起过去的一切。于是它想：那的确是非常幸福的一个时期！但是它会再回来！它会再回来！泥巴球滚下了楼梯，结果得到了公主。可能我也会得到一位公主哩！这时枞树想起了长在树林里的一株可爱的小赤杨：对于枞树说来，这株赤杨真算得上是一位美丽的公主。

“谁是那位泥巴球？”小耗子问。

枞树把整个故事讲了一遍，每一个字它都能记得清清楚楚。这些小耗子乐得想在这株树的顶上翻翻跟头。第二天晚上有更多的小耗子来了，礼拜天那天，甚至还有两个大老鼠出现了。不过它们认为这个故事并不好听；小耗子们也觉得很惋惜，因为它们对这故事的兴趣也淡下来了。

“你只会讲这个故事吗？”大老鼠问。

“只会这一个！”枞树回答说，“这故事是我在生活中最幸福的一个晚上听到的。那时我并不觉得我是多么幸福！”

“这是一个很蹩脚的故事！你不会讲一个关于腊肉和蜡烛的故事吗？不会讲一个关于储藏室的故事吗？”

“不会！”枞树说。

“那么谢谢你！”大老鼠回答说，于是它们就走开了。

最后小耗子们也走开了。枞树叹了一口气，说：

“当这些快乐的小耗子坐在我身旁，听我讲故事的时候，一切倒是蛮好的。现在什么都完了！不过当人们再把我搬出去的时候，我将要记住什么叫作快乐！”

不过结果是怎样呢？嗨，有一天早晨人们来收拾这个顶楼：箱子都被挪开了，枞树被拖出来了——人们粗暴地把它扔到地板上，不过一个用人马上把它拖到楼梯边去。阳光在这儿照着。

生活现在又可以开始了！枞树想。

它感觉到新鲜空气和早晨的太阳光。它现在是躺在院子里。一切过得这样快，枞树也忘记把自己看一下——周围值得看的东西真是太多了。院子是在一个花园的附近。这儿所有的花都开了。玫瑰悬在小小的栅栏上，又嫩又香。菩提树也正在开着花。燕子们在飞来飞去，说："吱尔——微尔——微特！我们的爱人回来了！"不过它们所指的并不是这株枞树。

"现在我要生活了！"枞树兴高采烈地说，同时把它的枝子展开。但是，唉！这些枝子都枯了，黄了。它现在是躺在一个生满了荆棘和荒草的墙角边。银纸做的星星还挂在它的顶上，而且还在明朗的太阳光中发亮呢。

院子里有几个快乐的小孩子在玩耍。他们在圣诞节的时候，曾绕着这树跳过舞，和它在一块儿高兴过。最年幼的一个小孩子跑过来，摘下一颗金星。

"你们看，这株奇丑的老枞树身上挂着什么东西！"这孩子说。他用靴子踩着枝子，直到枝子发出断裂声。

枞树把花园里盛开的花和华丽的景色望了一眼，又把自己看了一下。它希望自己现在仍然待在顶楼的一个黑暗的角落里。它想起了自己在树林里新鲜的青春时代，想起了那快乐的圣诞节前夕，想起了那些高兴地听着它讲关于泥巴球的故事的小耗子。

"完了！完了！"可怜的枞树说，"当我能够快乐的时候，我应该快乐一下才对！完了！完了！”

用人走来了，把这株树砍成碎片。它成了一大捆柴，它在一个大锅底下熊熊地燃着。它深深地叹着气。每一个叹息声就像一个小小的枪声。在那儿玩耍着的小孩子们跑过来，坐在火边，朝它里面望，同时叫着：“烧呀！烧呀！”每一个爆裂声都是一个深深的叹息。在它发出每一声叹息的时候，它就回想起了在树林里的夏天和星星照耀着的冬夜；它回忆起了圣诞节的前夕和它所听到过的和会讲的唯一的故事——泥巴球的故事。这时候枞树已经全被烧成灰了。

孩子们都在院子里玩耍。最小的那个孩子把这树曾经在它最幸福的一个晚上所戴过的那颗金星挂在自己的胸前。现在一切都完了，枞树的生命也完了，这故事也完了；完了！完了！——一切故事都是这样。

乘邮车来的十二位旅客

严霜，满天星斗，万籁无声。

砰！有人把一个旧罐子扔到邻家的门上。啪！啪！这是欢迎新年到来的枪声。这是除夕。钟正敲了十二下。

得——达——拉——拉！邮车到来了。这辆大邮车在城门

口停了下来。它里面坐着十二个人，再也没有空地方了，所有的位子都占了。

“恭喜！恭喜！”屋子里的人说，因为大家正在祝贺新年。这时大家刚刚举起满杯的酒，打算为庆祝新年而干杯。

“祝你新年幸福和健康！”大家说，“祝你娶一个漂亮太太，赚很多的钱，什么伤心事儿和麻烦事儿都没有！”

是的，这就是大家的希望。大家互相碰着杯子。城门外停着邮车，里面坐着陌生的客人——十二位旅客。

这些人是谁呢？他们都带有护照和行李。的确，他们还带来送给你、送给我和送给镇上所有人的礼物。这些陌生的客人是谁呢？他们来做什么呢？他们带来了什么呢？

“早安！”他们对城门口的哨兵说。

“早安！”哨兵回答说，因为钟已经敲了十二下。

“你叫什么名字？你干什么职业？”哨兵问第一个下车的人。

“请看护照上的字吧！”这人说，“我就是我！”他穿着熊皮大衣和皮靴子，样子倒很像一个了不起的人物，“许多人把希望寄托在我身上。明天来看我吧，我将送给你一个真正的新年礼物。我把银毫子和银元扔给大家，我甚至还开舞会——整整三十一个舞会。比这再多的夜晚我可腾不出来了。我的船已经被冰冻住了，不过我的办公室里还是温暖又舒适。我是一个生意人，我的名字叫‘一月’。我身边只携带着单据。”

接着第二个人下车了。他是一位快乐的朋友，一个剧团的老板，化装舞会以及你所能想象得到的一切娱乐的主持人。他的行李是一个大桶。

“在狂欢节的时候，我可以从里面变出比猫儿还要好的东西来，”他说，“我叫别人愉快，也叫自己愉快。在我的一家人中我的寿命最短。我只有二十八天！有时人们给我多加一天，不过这也没有什么了不起。呜啦！”

“请你不要大声喊。”哨兵说。

“我当然可以喊，”这人说，“我是狂欢节的王子，在‘二月’这个名义下到各地去旅行。”

现在第三个人下车了。他简直是一个斋神的缩影。他趾高气扬，因为他跟“四十位骑士”有亲戚关系，他同时还是一个天气的预言家。不过这并不是一个肥差事，因此他非常赞成吃斋。他的扣子洞上插着一束紫罗兰，但是花朵儿都很小。

“‘三月’，走呀！”第四个人在后面喊着，把他推了一下，“走呀！走呀！走到哨房里去呀。那里有混合酒吃！我已经闻到香味了！”

不过这不是事实，他只是愚弄“三月”一下罢了，因为这第四位旅客就是以愚弄人开始他的活动的。他的样子倒是蛮高兴的，不大做事情，老是放假。

“我随人的心情而变化，”他说，“今天下雨，明天出太阳。我替人干搬出搬进的工作。我是搬家代理人，也是一个做殡仪馆生意的人。我能哭，也能笑。我的箱子里装着许多夏天的衣服，不过现在把它们穿起来也未免太傻了。我就是这个样子。

我要打扮的时候，就穿起丝袜子，戴上皮手筒。”

这时有一位小姐从车里走出来。

“我是‘五月小姐’！”她说。

她穿着一身夏季衣服和一双套鞋。她的长袍是淡绿色的，头上戴着秋牡丹，身上发出麝香草的香气，弄得哨兵也不得不嗅一下。

“愿上天祝福你！”她说——这就是她的敬礼。

她真是漂亮！她是一个歌唱家，但不是舞台上，而是山林里的歌唱家。她也不是市场上的歌唱家。不，她只在清新的绿树林里为自己的高兴而歌唱。她的皮包里装着克利斯蒂安·温得尔的《木刻》——这简直像山毛榉树林；此外还装有“李加尔特的小诗”——这简直像麝香草。

“现在来了一位太太——一位年轻的太太！”坐在车里的人说。于是一位太太便走出来了，她是年轻而纤细、骄矜而美丽的。

人们一看就知道，她是“六月太太”，她生下来就是为了保护那“七个睡觉的人”的。她选一年中最长的一天来开一个盛大的宴会，好使人们有足够的时间把许多不同的菜吃掉。她自己有一辆“包车”，但是她仍然跟大家一起坐在邮车里，因为她想借此表示她并非骄傲得瞧不起人。她可不是单独地在旅行，因为她的弟弟“七月”跟她在一道。

他是一个胖胖的年轻人，穿着一身夏天的衣服，戴着一顶巴拿马帽。他的行李带得不多，因为行李这东西在炎热的天气里是一种累赘。他只带着游泳帽和游泳裤——这不能算很多。

现在妈妈“八月太太”来了。她是一个水果批发商，拥有许多蓄鱼池，兼当地主。她穿着一条鼓鼓的裙子。她很肥胖，但是活泼。她什么事都干，甚至还亲手送啤酒给田里的工人喝。

“你必汗流满面才得糊口。”她说，“事做完了以后，你们可以在绿树林中跳舞和举行一次庆祝丰收的宴会！”

她是一个细致周到的主妇。

现在有一个男子走出来了。他是一个画师——一个色彩专家，树林是知道这情况的。叶子全都要改变颜色，而且只要他愿意，可以变得非常美丽。树林很快就染上了红色、黄色和棕色。这位画家吹起口哨来很像一只黑色的燕八哥。他工作的速度非常快。他把紫绿色的啤酒花的藤蔓缠在啤酒杯上，使它显得非常好看——的确，他有审美的眼光。他现在拿着的颜料罐就是他的全部行李。

他后面接着来的是一个“拥有田产的人”。这人只是关心粮食的收获和土地的耕作；他对于野外打猎也有一点兴趣。他有猎狗和猎枪，他的猎袋里还有许多硬壳果。咕噜——咕噜！他带的东西真多——他甚至还有一架英国犁。他谈着种田的事情，但是人们听不清他的话，因为旁边有一个人在咳嗽和喘气——“十一月”已经来了。

这人得了伤风病——伤风得厉害，因此手帕不够用，他只好用一张床单。虽然如此，他说他还得陪着女佣做冬天的活计。他说，他一出去砍柴，他的伤风就会好了。他必须去锯木头和劈木头，因为他是木柴公会的第一把锯手。他利用晚上的时间来雕冰鞋的木底，因为他知道，几个星期以后大家需要这种有趣的鞋子。

现在最后一个客人来了，她是“火钵老妈妈”。她很冷，她的眼睛射出的光辉像两颗明亮的星星。她拿着栽有一株小枞树的花盆。

“我要保护和疼爱这棵树，好使它到圣诞节的时候能够长大，能够从地上伸到天花板，点着明亮的蜡烛，挂着金黄苹果和剪纸。火钵像炉子似的发出暖气，我从衣袋里拿出一本童话，高声朗诵，好叫房间里的孩子们都安静下来。不过树上的玩偶都变得非常活跃。树顶上的一个蜡制的小安琪儿拍着他的金翅膀，从绿枝上飞下来，把房里大大小小的孩子都吻了一下，甚至把外面的穷孩子也吻了。这些穷孩子正在唱着关于“伯利恒的星”的圣诞颂歌。

“现在车子可以开了，”哨兵说，“我们已经弄清楚了这十二位旅客。让另一辆马车开出来吧。”

“先让这十二位进去吧，”值班的大尉说，“一次进去一位！护照留给我。每一本护照的有效期是一个月。这段时间过去以后，我将在每一本护照上把他们的行为记下来。请吧，‘一月’先生，请你进去。”

于是他走进去了。

等到一年以后，我将告诉你这十二位先生带了些什么东西给你，给我，给大家。我现在还不知道，可能他们自己也不知道——因为我们是活在一个奇怪的时代里。

笨汉汉斯

乡下有一幢古老的房子，里面住着一位年老的乡绅。他有两个儿子。这两个人是那么聪明，他们只需用一半聪明就够，还剩下一半是多余的。他们想去向国王的女儿求婚，并且也敢这样做，因为国王的女儿宣布过，说她要找一个她认为最能表现自己的人做丈夫。

这两个人做了整整一星期的准备——这是他们所能花的最长的时间。但是这也够了，因为他们有许多学问，而这些学问都是有用的。一位已经把整个拉丁文字典和这城市出的三年的报纸，从头到尾和从尾到头，都背得烂熟。另一位精通公司法和每个市府议员所应知道的东西，因此他就以为他能谈论国家大事；此外他还会在裤子的吊带上绣花，因为他是一个文雅的手指灵巧的人。

“我要得到这位公主！”他们两人齐声说。

于是他们的父亲就给他们两人每人一匹漂亮的马。那个能背诵整部字典和三年报纸的兄弟得到一匹漆黑的马；那个懂得国家人事和会绣花的兄弟得到一匹乳白色的马。然后他们就在自己的嘴角上擦了一些鱼肝油，好使得他们能够说话圆滑。所有的仆人都站在院子里，观看他们上马。这时忽然第三位少爷来了，因为他们兄弟有三个人，虽然谁也不把他当作一个兄弟——他不像其他两个那样有学问。一般人都把他叫作“笨汉汉斯”。

“你们穿得这么漂亮，要到什么地方去呀？”他问。

“到宫里去，向国王的女儿求婚去！你没有听到全国各地的鼓声吗？”

于是他们就把事情原原本本地都告诉了他。

“我的天！我也应该去！”笨汉汉斯说。他的两个兄弟对他大笑了一通以后，便骑着马儿走了。

“爸爸，我也得有一匹马，”笨汉汉斯大声说，“我现在非常想结婚！如果她要我，她就可以得到我。她不要我，我还是要她的！”

“这完全是胡说八道！”父亲说，“我什么马也不给你。你连话都不会讲！嘿，你的两兄弟才算是聪明人呢！”

“如果我不配有一匹马，”笨汉汉斯说，“那么就给我一只公山羊吧，它本来就是我的，它驮得起我！”

因此他就骑上了公山羊。他把两腿一夹，公山羊就在公路上跑起来了。

“嘿，嗬！真骑得够劲！我来了！”笨汉汉斯说，同时唱起歌来，他的声音引起一片回音。

但是他的两个哥哥在他前面却骑得非常斯文，他们一句话也不说，他们正在考虑他们讲出的那些美丽的词句，因为这些东西都非在事先想好不可。

“喂！”笨汉汉斯喊着，“我来了！瞧瞧我在路上拾到的东西吧！”于是他就把他拾到的一只死乌鸦拿给他们看。

“你这个笨虫！”他们说，“你把它带着做什么？”

“我要把它送给公主！”

“好吧，你这样做吧！”他们说，然后大笑一通，继续骑着马走了。

“喂，我来了！瞧瞧我现在找到了什么东西！这并不是你们可以每天在公路上找得到的呀！”

这两兄弟掉转头来，看他现在又找到了什么东西。

“笨汉！”他们说，“这不过是一只旧木鞋，而且上面一部分已经没有了！难道你把这也拿去送给公主不成？”

“当然要送给她的！”笨汉汉斯说。于是两位兄弟又大笑了一通，然后继续骑着马前进。他们走了很远。

“喂，我来了！”笨汉汉斯喊着，“嘿，事情越来越好了！好哇！真是好哇！”

“你又找到了什么东西？”两兄弟问。

“啊，”笨汉汉斯说，“这个很难说！她，公主将会多么高兴啊！”

“呸！”这两个兄弟说，“那不过是沟里的一点泥巴罢了。”

“是的，一点也不错，”笨汉汉斯说，“而且是一种最好的泥巴。你连捏都捏不住。”于是他就把袋子装满了泥巴。

这两兄弟现在尽快地向前飞奔，所以他们来到城门口时，足足比汉斯早一个钟头。他们一到来就马上拿到一个求婚的登记号码。大家排成几排，每排有六个人。他们挤得那么紧，连手臂都无法动一下。这是非常好的，否则他们会因为你站在他的面前，就把你的背撕得稀烂。

城里所有的居民都挤到宫殿的周围来，一直挤到窗子上去，他们要看公主怎样接待她的求婚者。每个人走进房间里，马上就失去了说话的能力。

“一点用也没有！”公主说，“滚开！”

现在轮到了那位能背诵整个字典的兄弟，但是他在排队的时候把字典全忘记了。地板在他脚下发出咯吱的响声。大殿的天花板是镜子做的，所以他看到自己是头在地上倒立着的。每个窗子旁边站着三个秘书和一位参议员。他们把人们所讲出的话全都记了下来，以便马上在报纸上发表，拿到街上去卖两个铜板。这真是可怕得很。此外，火炉里还烧着旺盛的火，把烟囱管子都烧红了。

“这个地方真热得要命！”这位求婚者说。

“一点也不错，因为我的父亲今天要烤几只子鸡呀！”公主说。

糟糕！他呆呆地站在那儿。他没有料想到会碰到这类的话，正当他想讲几句风趣话的时候，却一句话也讲不出来。糟糕！

“一点用也没有！”公主说，“滚开！”

于是这位能背诵整个字典的兄弟也就只好走开了。现在第二个兄弟进来了。

“这儿真是热得可怕！”他说。

“是的，我们今天要烤几只子鸡。”公主说。

“什么——什么？”他说，同时那几位秘书全都一齐写着：“什么——什么？”

“一点用也没有！”公主说，“滚开！”

现在轮到笨汉汉斯了。他骑着他的山羊一直走到房间里来。

“这儿真热得厉害！”他说。

“是的，因为我正在烤子鸡呀。”公主说。

“啊，那真是好极了！”笨汉汉斯说，“那么我也要烤一只乌鸦了！”

“欢迎你烤，”公主说，“不过你用什么家什烤呢？因为我既没有罐子，也没有锅呀。”

“我有！”笨汉汉斯说，“这儿有一个锅，上面还有一个洋铁把手。”

于是他就取出一只旧木鞋来，把那只乌鸦放进去。

“这足够吃一整餐！”公主说，“不过我们到哪里去找酱油呢？”

“我衣袋里有的是！”笨汉汉斯说，“我有那么多，我还可以扔掉一些呢！”于是他就从衣袋里倒出一点泥巴来。

“这真让我高兴！”公主说，“你能够回答我的问题！你很会讲话，我愿意让你做我的丈夫。不过，你知道不知道，你所讲的每句话都被记下来了，明天就要在报纸上发表，你看每个窗子旁站着三个秘书和一个老参议员。这位老参议员最糟，因为他什么也不懂！”

她说这句话的目的无非是要吓他一下。这些秘书都傻笑起来，还洒了一滴墨水到地板上。

“乖乖！这就是所谓绅士！”笨汉汉斯说，“那么我得把我最好的东西送给这位参议员了。”

于是他就把衣袋翻转过来，对着参议员的脸上撒了一大把泥巴。

“这真是做得聪明，”公主说，“我自己就做不出来，不过很快我也可以学会的。”

就这样，笨汉汉斯成了一个国王，得到了一个美丽的妻子和一顶华丽的王冠，同时还高高地坐在王位上面。这个故事是我们直接从参议员办的报纸上读到的——不过它并不是完全可靠的！

顽皮孩子

从前有一位老诗人——一位非常和善的老诗人。有一天晚上，他坐在家里，外面起了一阵可怕的风暴。大雨倾盆而降，这位老诗人坐在炉火旁，又温暖，又舒适。火在熊熊地燎着，苹果烤得滋滋发响。

“这样的天气，外面的穷苦人身上恐怕没有一根纱是干的

了。”他说，因为他是一位非常好心肠的老诗人。

“啊，请开门！我非常冷，衣服也全湿透了。”外面有一个小孩子在叫。他哭起来，敲着门。这时雨下得更大了，风把所有的窗扉吹得呼呼作响。

“你这个可怜的小家伙！”老诗人说，他走过去把门开了。门口站着一个小小的孩子。他全身没有穿衣服，雨水从他长长的金发上滚下来。他冻得发抖，如果他没有走进来的话，他一定会在这样的暴风雨中冻死的。

“你这个可怜的小家伙！”老诗人说，同时拉着他的手。“到我这儿来吧，我可以使你温暖起来。我可以给你一点酒和一个苹果吃，因为你是一个美丽的孩子。”

他的确也是很美丽的。他的眼睛亮得像两颗明亮的星星。他的金发虽然有水滴下来，可是卷卷曲曲的，非常好看。他像一个小小的天使，不过他冻得惨白，全身发抖。他手里拿着一把漂亮的弓，但是雨水已经把它弄坏了。涂在那些美丽的箭上的色彩全都被雨淋得模糊不清了。

老诗人坐在炉边，把这小孩子抱到他的膝上，将雨水从他的鬈发里挤出来，又把他的手放到自己的手里暖着，同时为他热了一些甜酒。这孩子马上就恢复过来了。他的双颊也变得红润起来了。他跳到地上来，围着这位老诗人跳舞。

“你是一个快乐的孩子！”老诗人说，“你叫什么名字？”

“我叫阿穆尔，”他回答说，“你不认识我吗？我的弓就在这儿。你知道，我就是用这把弓射箭呢！看啊，外面雨停了，月亮也出来了。”

“不过你的弓已经坏了。”老诗人说。

“这倒是很可惜的。”小孩子回答说，同时把弓拿起来，看了一看。“哎，它还很干呢，并没有受到什么损害。弦也还很紧，我倒要试它一试！”于是他把弓一拉，插上一支箭，对准了目标，向这位和善的老诗人的心中射去。“你现在看看我的弓究竟损坏了没有！”他说，大笑了一声，跑掉了。这小孩子该是多么顽皮啊！他居然向这位老诗人射了一箭，而这还是一位把他请进温暖的房间里来的、对他非常和善的、给他最好的酒和最好的苹果吃的老诗人呢！

这位和善的老诗人躺在地上，哭起来了，他的心中了一箭。他说：“嗐，这个阿穆尔真是一个顽皮孩子！我要把这件事告诉所有的好孩子们，叫他们当心，不要跟他一起玩耍，因为他会对他们捣蛋！”

所有的好孩子——女孩子和男孩子们——听到了老诗人所讲的这个故事，都对这个顽皮的孩子有了戒心；然而他还是骗过了孩子们，因为他非常伶俐。当大学生听完了课出来的时候，他就穿着一件黑上衣，腋下夹着一本书，在他们旁边走。大学生们一点也没有看出他，还挽着他的手，以为他也是一个学生呢。这时，这个顽皮的孩子就把一支箭射进他们的心里去。是的，他老是在跟着人！他坐在戏院里的蜡烛台上，光耀夺目，弄得人们把他当作一盏明灯。可是不久大家就知道完全不是这么一回事。他在御花园里，在散步场上跑来跑去。是的，他从前有过一次射中你爸爸和妈妈的心啦。你只需问问他们，你就可以听到一段故事。咳，这个阿穆尔真是一个坏孩子，你们决不能跟他有任何来往！他在跟着每一个人。你想想看，有一次他居然把一支箭射进老祖母的心里去啦——不过这是很久以前的事了。那个创伤早已经治好了，但是老祖母一直忘不了它。呸，那个恶作剧的阿穆尔！不过你现在认识他了，你知道他是一个多么顽皮的孩子。

纸牌

人们能够用纸剪出和贴出多少可爱的东西来啊！小小的威廉就这样贴出了一个宫殿。它的体积很大，占满了整个桌面。它涂上颜色，好像就是用红砖砌的，而且还有发亮的铜屋顶呢。它有塔，也有吊桥。朝下面一望，河里的水，就好像是镜子——它的确是镜子做的。在最高的那个塔上还有一个木雕

的守塔人。他有一个可以吹的号筒，但是他却不去吹。这个小孩子亲自拉起或放下吊桥，把锡兵放在吊桥上散步，打开宫殿的大门，朝那个宽大的宴会厅里窥望。厅里挂着许多镶在镜框里的画像。这都是从纸牌里剪出来的红心、方块、梅花和黑桃等。国王的头上戴着王冠，手中拿着王节。王后戴着面纱，一直垂到肩上。她的手里还拿着花。杰克拿着戟和摇摆着的羽毛。

有一天晚上，这个小家伙从敞开的宫殿大门偷偷地向大厅里窥望。大厅的墙上挂着许多花纸牌，它们真像大殿上挂着的古老画像。他觉得国王似乎在用王节向他致敬，黑桃王后在摇着她手里的郁金香，红心王后在举起她的扇子。四位王后都客气地表示注意到了他。为了要看得仔细一点，他就把头更向前伸，结果撞着了宫殿，把它弄得摇动起来。这时红心、方块、梅花和黑桃的四位杰克就举起戟，警告他不要再向前顶，因为他的头太大了。

小家伙点点头，接着又点了一次。于是他就说：“请讲几句话吧！”但是花纸牌一句话也不说。不过当他对红心杰克第三次点头的时候，后者就从一张像屏风似的挂在墙上的纸牌里跳出来。他站在中央，帽子上的那根羽毛摇动着，手拿一根铁皮包着的长矛。

“你叫什么名字？”他问这个小家伙，“你有明亮的眼睛和整齐的牙齿，但是你的手却洗得不勤！”

这句话当然是说得不客气的。

“我叫威廉，”小家伙说，“这个宫殿就是属于我的，所以你就是我的红心杰克！”

“我是我的国王和王后的杰克，不是你的！”红心杰克说，“我可以从牌里走出来，从宫殿里走出来。比起我来，我高贵的主人更可以走出来。我们可以一直走到广大的世界里去，不过我们已经出去得厌了。坐在纸牌里，保持我们的本来面目，要比那样舒服和愉快得多。”

“难道你们曾经是真正的人吗？”小家伙问。

“当然是的！”红心杰克说，“不过不够好就是了。请你替我点一根蜡烛吧——最好是一根红的，因为这就是我的，也是我的主人的颜色。这样，我就可以把我们的故事告诉给宫殿的所有人——因为你说过，你就是这个宫殿的所有人。不过请你不要打断我。如果我讲故事，那就得一口气讲完！”

于是他就讲了：

“这里有四个国王，他们都是兄弟，不过红心国王的年纪最大，因为他一生下来就有一个金王冠和金苹果，他立刻就统治起国家来。他的王后生下来就有一把金扇子——你可以看得出来，她现在仍然有。他们的生活过得非常愉快，他们不需上学校，可以整天玩耍。他们造起宫殿，又把它拆下来。他们毁掉锡兵，又和玩偶玩耍。如果他们要吃黄油面包，面包的两面总是涂满了黄油的，而且还撒了些红糖。那算是一个最好的时候，不过日子过得太好人们也会生厌的，他们就是这样。于是，方块就登基了！”

“结果是怎样呢？”小家伙问，不过红心杰克再也不开口了。他笔直地站着，望着那根点燃的红蜡烛。

结果就是如此。小家伙只好向方块杰克点头。他点了三次以后，方块杰克就从纸牌里跳出来，笔直地站着，说了这两个字："蜡烛！"小家伙马上点起一根红蜡烛，放在他的面前。方块杰克举起他的戟致敬，同时把故事接着讲下去。我们现在把他的话一字不漏地引下来。

"接着方块国王就登基了！"他说，"这位国王的胸口上有一块玻璃，王后的胸口上也有一块玻璃。人们可以望见他们的内心，而他们的内脏和普通人也没有什么两样。他们是两个可爱的人，因此大家为他们建立了一个纪念碑。这个纪念碑竖了足足七年没有倒，虽然它是为了要永垂不朽而建立的。"

方块杰克敬了礼，于是就呆呆地望着那根红蜡烛。

小小的威廉还来不及点头，梅花杰克就一本正经地走下来了，正好像一只鹳鸟在草地上走路的那副样儿。纸牌上的那朵梅花也飞下来了，像一只鸟儿似的向外飞走，而且它的翅膀越变越大。它从他头上飞过去，然后又飞回到墙边的那个白纸牌上来，钻到它原来的位置上去。梅花杰克和前面的那两位杰克不同，没有要求点一根蜡烛就讲话了：

"不是每一个人都能吃到两面涂满了黄油的面包的。我的国王和王后就没有吃到过。他们是最应该吃的，不过他们得先到学校里去学习国王不曾学过的东西。他们的胸口也有一块玻璃，不过人们看它的时候只是想知道它里面的机件出毛病没有。我了解情况，因为我一直就在为他们做事——我现在还在为他们做事，服从他们的命令。我听他们的话，我现在敬礼！"

于是他就敬礼了。

威廉也为他点起一根蜡烛——一根雪白的蜡烛。

黑桃杰克忽然站出来了。他并没有敬礼，他的腿有点跛。

“你们每个人都有了一根蜡烛，”他说，“我知道我也应该有一根！不过假如我们杰克都有一根，我们的主人就应该有三根了。我是最后一个到来的，我们已经是很没有面子了，人们在圣诞节还替我起了一个绰号：故意把我叫作‘哭丧的贝尔’，谁也不愿意我在纸牌里出现。是的，我还有一个更糟糕的名字——说出来真不好意思，人们把我叫作‘烂泥巴’。我这个人起初还是黑桃国王的骑士呢，但现在我可是最末的一个人了。我不愿意叙述我主人的历史。你是这座宫殿的所有人，如果你想知道的话，请你自己去想象吧。不过我们是在下降，不是在上升，除非有一天我们骑着枣红马向上爬，爬得比云还高。”

于是小小的威廉在每一个国王和每一个王后面前点了三根蜡烛。骑士的大殿里真是大放光明，比在最华贵的宫廷里还要亮。这些高贵的国王和王后客客气气地彼此致敬，红心王后摇着她的金扇子，黑桃王后捻着她那朵金郁金香——它亮得像燃着的火，像燎着的焰花。这高贵的一群跳到大殿中来，舞着，一会儿像火光，一会儿像烟花。整个宫殿像一片烟火。威廉惊恐地跳到一边，大声地喊：“爸爸！妈妈！宫殿烧起来了！”宫殿射出火花，烧起来了：“现在我们骑着枣红马爬得很高，比云还要高，爬到最高的光辉灿烂中去。这正是合乎国王和王后的身份。杰克们跟上来吧！”

是的，威廉的宫殿和他的花纸牌就这样完事了。威廉现在还活着，也常常洗手。

他的宫殿烧掉了，这不能怪他。

雏菊

现在请你听听——

在乡间的一条大路边，有一座别墅。你一定看见过的！别墅前面有一个种满了花的小花园和一排涂了油漆的栅栏。在这儿附近的一条沟里，在一丛美丽的绿草中有一棵小小的雏菊。太阳温暖地、光明地照着它，正如太阳照着花园里那些大朵的

美丽的花儿一样。因此它时时刻刻都在不停地生长。有一天早晨，它的花都开了，它的光亮的小小花瓣，在一个金黄色的太阳心的周围散开来，简直像一圈光带。它从来没有想到，因为它生在草里，人们不会看到它，所以它要算是一种可怜的、卑微的小花。但它却非常高兴，它把头转向太阳，瞧着太阳，静听百灵鸟在高空中唱歌。

小雏菊是那么快乐，好像这是一个伟大的节日似的。事实上这不过是星期一，小孩子都上学去了。当他们正坐在凳子上学习的时候，它就坐在它的小绿梗上向温暖的太阳光、向周围一切东西学习。雏菊觉得它在静寂中所感受到的一切，都被百灵鸟高声地、美妙地唱出来了。于是雏菊怀着尊敬的心情向着这只能唱能飞的、幸福的鸟儿凝望，不过，它并不因为自己不能唱歌和飞翔就感到悲哀。

我能看，也能听，它想。太阳照着我，风吻着我。啊，我真是天生的幸运！

栅栏里面长着许多骄傲的名花——它们的香气越少，就越装模作样。牡丹尽量扩张，想要开得比玫瑰花还大，可是问题并不在于庞大。郁金香的颜色最华丽，它们也知道这个特点，所以就特意立得挺直，好叫人能更清楚地看到它们。它们一点也不理会外边的小雏菊，但是小雏菊却老是看着它们。它心里想：它们是多么富丽堂皇啊！是的，美丽的鸟儿一定会飞向它们，拜访它们！感谢上天！我离它们那么近，我能有机会欣赏它们！正当它这样想的时候，“嘀哩！”——百灵鸟飞下来了，但是他并没有飞到牡丹或郁金香上面去——他飞到草里不起眼的小雏菊身边来了。雏菊快乐得惊惶起来，真是不知怎么办才好。

这只小鸟在它的周围跳着舞，唱着歌：

“啊，草是多么柔软！请看，这是一朵多么甜蜜的小花儿——它的心是金子，它的衣服是银子！”

雏菊的黄心看起来也的确像金子，它周围的小花瓣白得像银子。

谁也体会不到，小雏菊心里感到多么幸福！百灵鸟吻它，对它唱一阵歌，又向蓝色的空中飞去。足足过了一刻钟以后，雏菊才清醒过来。它怀着一种既难为情又快乐的心情，向花园里的花儿望了一眼。它们一定看见过它所得到的光荣和幸福，它们一定懂得这是多愉快的事情。可是郁金香仍然像以前那样骄傲，它们的面孔仍然生硬和发红，因为它们在自寻烦恼。牡丹花也头脑不清醒，唉，幸而它们不会讲话，否则雏菊就会挨一顿痛骂。这棵可怜的小花看得很清楚，它们的情绪都不好，这使得它感到苦恼。正在这时候，有一个女孩子拿着一把明晃晃的刀子到花园里来了。她一直走到郁金香中间，把它们一棵一棵地都砍掉了。

“唉，”小雏菊叹了一口气，“这真是可怕，它们现在一切都完了。”

女孩子拿起郁金香走了。雏菊很高兴，自己生在草里，是一棵寒微的小花。它感到很幸运。当太阳落下了以后，它就卷起它的花瓣，睡着了，它一整夜梦着太阳和那只美丽的小鸟。

第二天早晨，当这花儿向空气和阳光又张开它小手臂般的小白花瓣的时候，它听到了百灵鸟的声音；不过他今天唱得非常悲哀。是的，可怜的百灵鸟是有理由感到悲哀的：他被捕去了，现在被关在敞开的窗子旁的一个笼子里。他歌唱着自由自在的、幸福的飞翔，他歌唱着田里嫩绿的麦苗，他歌唱着在高空中快乐的飞行。可怜的百灵鸟的心情坏极了，因为他是关在牢笼里的一个囚徒。

小雏菊真希望能够帮助他。不过，它怎么才能办得到呢？是的，要想出一个办法来真不太容易。它现在也忘记了周围的一切景物是多么美丽，太阳照得多么温暖，它自己的花瓣白得多么可爱。啊！它心中只想着关在牢笼里的雀子，只感到它自己一点办法也没有。

这时候有两个男孩子从花园里走出来。他们有一个手里拿着一把又大又快的刀子——跟那个女孩子砍掉郁金香的那把刀子差不多。他们一直向小雏菊走来——它一点也猜不到他们的用意。

“我们可以在这儿为百灵鸟挖起一块很好的草皮。”一个小孩子说。于是他就在雏菊的周围挖了一块四四方方的草皮，使雏菊仍然恰好留在草的中间。

“拔掉这朵花吧！”另一个孩子说。

雏菊害怕得发起抖来，因为如果被拔掉，它就会死去。它现在特别需要活下去，因为它要跟草皮一齐到被囚的百灵鸟那儿去。

“不，留下它吧，”头一个孩子说，“它可以作为一种装饰品。”

这么着，它就被留下来了，而且还被搬到笼子里的百灵鸟那儿去。

不过这只可怜的鸟儿一直在为他失去了自由而啼哭，他用翅膀打着牢笼的铁柱。小雏菊说不出话来，它找不出半个字眼来安慰百灵鸟——虽然它很愿意这么做。一整个上午就这样过去了。

“这儿没有水喝，”被囚禁的百灵鸟说，“大家都出去了，一滴水也没有留给我喝。我的喉咙发干、发焦。我身体里像有火，又像有冰，而且空气又非常沉闷，啊！我要死了！我要离开温暖的太阳、新鲜的绿草和这一切美景！”

于是他把他的嘴伸进清凉的草皮里去，希望尝到一点凉味。这时他发现了雏菊，于是他对它点头，吻它，同时说：

“你只好在这儿枯萎下去了——你这可怜的小花儿！他们把你和跟你生长在一起的这一小块绿草送给我，来代替我在外面的那整个世界！对于我来说，现在每根草就是一株绿树，你的每片白花瓣就是一朵芬芳的花！啊，你使我记起，我丧失了真不知多少东西！”

我希望我能安慰他一下！小雏菊想。

但是它连一片花瓣都不能动。不过它的精致的花瓣所发出的香气，比它平时所发出的香气要强烈得多。百灵鸟也注意到了这一点，所以虽然他渴得快要昏倒，也只是吃力地啄着草叶，而不愿意动这朵花。

天已经黑了，还没有人来送给这只可怜的鸟儿一滴水。他把他美丽的翅膀展开，痉挛地拍着。他的歌声变成了悲哀的尖叫，他的小头向雏菊垂下来——百灵鸟的心在悲哀和渴望中碎裂了。雏菊再不像前天晚上那样，又把它的花瓣合上来睡一觉。它的心很难过，它的身体病了，它的头倒在土上。

小孩子在第二天早晨才走过来。当他们看见雀子死了的时候，他们都哭起来——流了许多眼泪。他们为百灵鸟掘了一个整齐的坟墓，并且用花瓣把他装饰了一番。百灵鸟的尸体躺在一个美丽的红匣子里，因为他们要为他——可怜的鸟儿——举行一个隆重的葬礼。在他活着能唱歌的时候，人们忘记了他，让他坐在牢笼里受苦受难，现在他却得到了尊荣和眼泪！

可是那块草皮连带着雏菊都被扔到路上的灰尘里去了。

谁也没有想到它，而最关心百灵鸟、最愿意安慰他的却正是它。

飞箱

从前有一个商人，非常有钱，他的银元可以铺满一整条街，而且多余的还可以铺一条小巷。不过，他没有这样做。他有别的方法使用他的钱，他拿出一个毫子，必定要赚回一块钱。他就是这样一个商人——后来他死了。

他的儿子现在继承了全部的钱财。他生活得很愉快，每晚

去参加化装舞会，用纸币做风筝，用金币——而不用石片——在海边玩打水漂的游戏。这样，钱就很容易花光了。他的钱就真的这样花光了。最后他只剩下四个毫子，此外还有一双便鞋和一件旧睡衣。他的朋友们现在再也不愿意跟他来往了，因为他再也不能跟他们一道逛街。不过这些朋友中有一位心地很好的人，送给他一个箱子，同时说："把你的东西收拾进去吧！"这意思是很好的，但是他并没有什么东西可以收拾进去，因此他就自己坐进箱子里去。

这是一个很滑稽的箱子。一个人只需把它的锁按一下，这箱子就可以飞起来。它真的飞起来了。嘘——箱子带着他从烟囱里飞出去了，高高地飞到云层里，越飞越远。箱子底发出响声，他非常害怕，怕它裂成碎片，因为这样一来，他的筋斗可就翻得不简单了！他居然飞到土耳其人住的国度里去了。他把箱子藏在树林里的枯叶子下面，然后就走进城里来。这倒不太困难，因为土耳其人穿着跟他一样的衣服：一双拖鞋和一件睡衣。他碰到一个领着孩子的奶妈。

"喂，您——土耳其的奶妈，"他说，"城边的那座宫殿的窗子开得那么高，究竟是怎么一回事啊？"

"那是国王的女儿居住的地方呀！"她说，"有人曾经预言，说她将要因为一个爱人而变得非常不幸，所以谁也不能去看她，除非国王和王后也在场。"

"谢谢您！"商人的儿子说。他回到树林里来，坐进箱子，飞到屋顶上，偷偷地从窗口爬进公主的房间。

公主正躺在沙发上睡觉。她是那么美丽，商人的儿子忍不住吻了她一下。于是她醒来了，大吃一惊。不过他说他是土耳其人的神，现在是从空中飞来看她的。这话她听来很舒服。

这样，他们就挨在一起坐着。他讲了一些关于她的眼睛的故事。他告诉她说：这是一对最美丽的、乌黑的湖，思想像人鱼一样在里面游来游去。于是他又讲了一些关于她的前额的故事。他说它像一座雪山，上面有最华丽的大厅和图画。他又讲了一些关于鹳鸟的故事：它们送来可爱的婴儿。

是的，这都是些好听的故事！于是他向公主求婚。她马上就答应了。

“不过你在星期六一定要到这儿来，”她说，“那时国王和王后将会和我一起吃茶！我能跟一位土耳其人的神结婚，他们一定会感到骄傲。不过，请注意，你得准备一个好听的故事，因为我的父母都是喜欢听故事的。我的母亲喜欢听有教育意义和特别的故事，但是我的父亲则喜欢听愉快的、逗人发笑的故事！”

“对，我将不带什么订婚的礼物，而带一个故事来。”他说。这样他们就分手了。但是公主送给他一把剑，上面镶着金币，这对他特别有用处。

他飞走了，买了一件新睡衣。于是他坐在树林里，想编出一个故事。这故事得在星期六编好，而这却不是一件容易的事儿。

他总算把故事编好了，这已经是星期六。

国王、王后和全体大臣们都到公主住的地方来吃茶。他受到非常客气的招待。

“请您讲一个故事好吗？”王后说，“讲一个高深而富有教育意义的故事。”

“是的，讲一个使我们发笑的故事！”国王说。

“当然。”他说。于是他就开始讲起故事来。现在请你好好地听吧：

从前有一捆柴火，这些柴火对自己的高贵出身感到特别骄傲。他们的始祖，那就是说一株大枞树，原是树林里一株又大又老的树。这每一根柴火就是他身上的一块碎片。这捆柴火现在躺在打火匣和老铁罐中间的一个架子上。他们谈起自己年轻时代的那些日子来。

“是的，”他们说，“当我们在绿枝上的时候，那才真算是在绿枝上啦！每天早上和晚间我们总有珍珠茶喝——这是露珠。太阳只要一出来，我们整天就有太阳光照着，所有的小鸟都来讲故事给我们听。我们可以看得很清楚，我们是非常富有的，因为一般的宽叶树只是在夏天才有衣服穿，而我们家里的人在冬天和夏天都有办法穿上绿衣服。不过，伐木人一来，就要发生一次大的变革：我们的家庭就要破裂。我们的家长成了一条漂亮的船上的主桅——这条船只要它愿意，可以走遍世界。别的枝子就到别的地方去了。而我们的工作却只是为一些平凡的人点火。因此我们这些出自名门的人就到厨房里来了。”

“我的命运可不同，”站在柴火旁边的老铁罐说，“我一出生到这世界上来，就受到了不少的摩擦和煎熬！我做的是一件实际工作——严格地讲，是这屋子里的第一件工作。我唯一的快乐是在饭后干干净净地、整整齐齐地躺在架子上，同我的朋友们扯些有道理的闲天。除了那个水罐偶尔到院子里去一下以外，我们老是待在家里的。我们唯一的新闻贩子是那位到市场去买菜的篮子。他常常煞有介事地报告一些关于政治和老百姓的消息。是的，前天有一个老罐子吓了一跳，跌下来摔得粉碎。我可以告诉你，他可是一位喜欢乱讲话的人哪！”

“你的话讲得未免太多了一点。”打火匣说。这时一块铁在燧石上擦了一下，火星散发出来。“我们不能把这个晚上弄得愉快一点吗？”

“对，我们还是来研究一下谁是最高贵的吧？”柴火说。

“不，我不喜欢谈论我自己！”罐子说，“我们还是来开一个晚会吧！我来开始。我来讲一个大家经历过的故事，这样大家就可以欣赏它——这是很愉快的。在波罗的海边，在丹麦的山毛榉树林边——”

“这是一个很美丽的开端！”所有的盘子一齐说，“这的确是我所喜欢的故事！”

“是的，我就在那儿一个安静的家庭里度过我的童年。家具都擦得很亮，地板洗得很干净，窗帘每半月换一次。”

“你讲故事的方式真有趣！”鸡毛帚说，“人们一听就知道，这是一个女人在讲故事。整个故事中充满了一种清洁的味道。”

“是的，人们可以感觉到这一点！”水罐子说。她一时高兴，就跳了一下，把水洒了一地板。

罐子继续讲故事。故事的结尾跟开头一样好。

所有的盘子都快乐得闹起来。鸡毛帚从一个沙洞里带来一根绿芹菜，把它当作一个花冠戴在罐子头上。他知道这会使别人讨厌。我今天为她戴上花冠，他想，她明天也就会为我戴上花冠的。

“现在我要跳舞了。”火钳说，于是就跳起来。天哪！这婆娘居然也能跷起一只腿来！墙角里的那个旧椅套子也裂开来看她跳舞。“我也能戴上花冠吗？”火钳说。果然不错，她得到了一个花冠。

这是一群乌合之众！柴火想。

现在茶壶开始唱起歌来。但是她说她伤风了，除非她在沸腾，否则就不能唱。但这不过是装模作样罢了：她除非在主人面前、站在桌子上，否则她是不愿意唱的。

老鹅毛笔坐在桌子边——女用人常常用他来写字：这支笔并没有什么了不起的地方，他只是常被深插在墨水瓶之中，但他对于这点却感到非常骄傲。“如果茶壶不愿意唱，”他说，“那么就让她去吧！外边挂着的笼子里有一只夜莺——他唱得蛮好。他没有受过任何教育，不过我们今晚可以不提这件事情。”

“我觉得，”茶壶说，“他是厨房的歌手，同时也是茶壶的异母兄弟——我们要听这样一只外国鸟唱歌是非常不对的。这算是爱国吗？让上街的菜篮来评判一下吧？”

“我有点烦恼，”菜篮说，“谁也想象不到我内心里是多么烦恼！这能算得上是晚上的消遣吗？把我们这个家整顿整顿岂不是更好吗？请大家各归原位，让我来布置整个游戏吧。这样事情才会改变！”

“是的，我们来闹一下吧！”大家齐声说。

正在这时候，门开了。女用人走进来了，大家都静静地站着不动，谁也不敢说半句话。不过在他们当中，没有哪一只壶不是满以为自己有一套办法，自己是多么高贵。只要我愿意，每一位都是这样想，这一晚可以变得很愉快！

女用人拿起柴火，点起一把火。天哪！火烧得多么响！多么亮啊！

现在每个人都可以看到，他们想，我们是头等人物。我们照得多么亮！我们的光是多么强啊！——于是他们就都烧完了。

“这是一个出色的故事！”王后说，“我觉得自己好像就在厨房里，跟柴火在一道。是的，我们可以把女儿嫁给你了。”

“是的，当然！”国王说，“你在星期一就跟我们的女儿结婚吧。”

他们用“你”来称呼他，因为他现在是属于他们一家的了。

举行婚礼的日子已经确定了。在结婚的头天晚上，全城都大放光明。饼干和点心都随便在街上散发给群众。小孩子们用脚尖站着，高声喊“万岁”，同时用手指吹起口哨来。真是非常热闹。

是的，我也应该让大家快乐一下才对！商人的儿子想。因此他买了些焰火和爆竹，以及种种可以想象得到的鞭炮。他把这些东西装进箱子里，于是向空中飞去。

“啪！”放得多好！放得多响啊！

所有的土耳其人一听见就跳起来，弄得他们的拖鞋都飞到耳朵旁边去了。他们从来没有看见过这样的火球。他们现在知道了，要跟公主结婚的人就是土耳其的神。

商人的儿子坐着飞箱又落到森林里去，他马上想：我现在要到城里去一趟，看看这究竟产生了什么效果。他有这样一个愿望，当然也是很自然的。

嗨，老百姓讲的话才多哩！他所问到的每一个人都有自己的一套故事。不过大家都觉得那是很美的。

“我亲眼看到那位土耳其的神，”一个说，“他的眼睛像一对发光的星星，他的胡须像起泡沫的水！”

“他穿着一件火外套飞行，”另外一个说，“许多最美丽的天使藏在他的衣褶里向外窥望。”

是的，他所听到的都是最美妙的传说。在第二天他就要结婚了。

他现在回到森林里来，想坐进他的箱子里去。不过箱子到哪儿去了呢？箱子被烧掉了。焰火的一颗火星落下来，点起了一把火。箱子已经化成灰烬了。他再也飞不起来了，也没有办法到他的新娘子那儿去。

她在屋顶上等待了一整天。她现在还在那儿等待着哩。而他呢，他在这个茫茫的世界里跑来跑去讲儿童故事，不过，这些故事再也不像他所讲的那个《柴火的故事》一样有趣。

坚定的锡兵

从前有二十五个锡做的士兵。他们都是兄弟，因为他们是从一根旧的锡汤匙铸出来的。他们肩上扛着毛瑟枪，眼睛直直地向前看着。他们的制服一半是红的，一半是蓝的，但是非常美丽。他们待在一个匣子里。匣子盖一揭开，他们在这世界上所听到的第一句话是：“锡兵！”这句话是一个小孩子喊出

来的，他边喊边拍着双手。这是他的生日，这些锡兵就是他得到的一件礼物。他现在把这些锡兵摆在桌子上。

每个兵都是一模一样的，只有一个稍微有点不同：他只有一条腿，因为他是最后被铸出来的，锡不够用！但是他仍然能够用一条腿坚定地站着，跟别人用两条腿站着没有两样，而且后来最引人注意的也是他。

他们立着的那张桌子上还摆着许多其他的玩具，不过最吸引人注意的一件东西是一个纸做的美丽的宫殿。从那些小窗子望进去，人们可以一直看到里面的大厅。大厅前面有几株小树，都是围着一面小镜子立着的——这小镜子算是代表一个湖。几只蜡做的小天鹅在湖上游来游去，它们的影子倒映在水里。这一切都是美丽的，不过最美丽的要算一位小姐：她站在敞开的宫殿门口。她也是用纸剪出来的，不过她穿着一件漂亮的洋布裙子。她肩上飘着一条小小的蓝色缎带，看起来像一块头巾。缎带的中央插着一件亮晶晶的装饰品——简直有她整个脸庞那么大。这位小姐伸着双手——因为她是一个舞蹈艺术家。她有一条腿举得非常高，弄得那个锡兵简直望不见她。因此他就以为她也像自己一样，只有一条腿。

她倒可以做我的妻子呢！他心里想，不过她的派头太大了。她住在一个宫殿里，而我却只有一个匣子，而且我们还是二十五个人挤在一起，恐怕她住不惯。不过我倒不妨跟她认识认识。

于是他就在桌上一个鼻烟壶后面直直地躺下来，他从这个角度可以完全看到这位漂亮的小姐。她一直是用一条腿立着的，丝毫没有失去平衡。

当黑夜到来的时候，其余的锡兵都走进匣子里去了，家里的人也都上床去睡了。玩偶们这时就活动起来：它们互相“访问”，闹起“战争”来，或是开起“舞会”来。锡兵们也在他们的匣子里面吵起来，因为他们也想出来参加，可是揭不开盖子。胡桃钳翻起筋斗来，石笔在石板上乱跳乱叫起来。这真像是魔王下世，结果把金丝鸟也弄醒了。她也开始发起议论来，而且出口就是诗。这时只有两个人没有离开原位：一个是锡兵；另一个是那位小小的舞蹈家。她直直地用她的脚尖立着，双臂外伸。他也是稳定地用一条腿站着的，他的眼睛一会儿也没有离开她。

忽然钟敲了十二下，于是“砰！”那个鼻烟壶的盖子掀开了，可是那里面并没有鼻烟，却有一个小小的黑妖精——这鼻烟壶原来是一个伪装。

“锡兵！”妖精说，“请你把你的眼睛放老实一点！”

可是锡兵装作没有听见。

“好吧，明天你瞧吧！”妖精说。

第二天早晨，小孩们都起来了。他们把锡兵移到窗台上去。不知是那妖精在搞鬼呢，还是一阵阴风在作怪，窗子忽然开了。锡兵从三楼倒栽葱地跌到地上来。这一跤真是万分可怕！他的腿直跷起来，他倒立在他的钢盔中。他的刺刀插在街上的铺石缝里。

保姆和那个小孩立刻走下楼来寻找他。虽然他们几乎踩着了他的身体，可还是没有发现他。假如锡兵喊一声“我在这儿！”的话，他们也就看得见他了。不过他觉得自己既然穿着军服，高声大叫，是不合礼节的。

现在天空开始下雨了。雨点越下越密，最后简直是大雨倾盆了。雨停了以后，有两个野孩子在这儿走过。

“你瞧！”有一个孩子讲，“这儿躺着一个锡兵。咱们让他去航行一番吧！”

他们用一张报纸折了一条船，把锡兵放在里面。锡兵就这么沿着水沟顺流而下。这两个孩子在岸上跟着他跑，拍着手。天啊！沟里掀起了一股多么大的浪涛啊！这是一股多么大的激流啊！下过一场大雨终究不同。纸船一上一下地簸动着，有时它旋转得那么急，弄得锡兵的头都昏了。可是他立得很牢，面色一点也不变，他肩上扛着毛瑟枪，眼睛向前看。

忽然这只船漂进一条很长很宽的下水道去了。四周是一片漆黑，就好像他又回到他匣子里似的。

我倒要看看，我究竟会漂到什么地方去！他想。对了，对了，这是那个妖精搞的鬼。啊！假如那位小姐坐在这只船里，就是再加倍的黑暗我也不在乎。

这时一只住在下水道里的大耗子来了。

“你有通行证吗？”耗子问，“把你的通行证拿出来！”

可是锡兵一句话也不回答，只是把自己手里的毛瑟枪握得更紧。

船继续往前疾驶，耗子在后面跟着。乖乖！请看他那副张牙舞爪的样子，他对干草和木头碎片喊着：

“抓住他！抓住他！他没有留下过路钱！他没有交验通行证！”

可是激流越翻越大。在下水道尽头的地方，锡兵已经可以看得到前面的阳光了。不过他又听到一阵喧闹的声音——这声音可以把胆子大的人都吓倒。想想看吧，在下水道尽头的地方，水流冲进一条宽大的运河里去了，这对他来说是非常危险的，好像我们被一股巨大的瀑布冲下去一样。

现在他已流进了运河，没有办法止住了。船一直冲到外面去。可怜的锡兵只有尽可能地把他的身体直直地挺起来。谁也不能说，他曾经把眼皮动过一下。这船旋转了三四次，里面的水一直漫到了船边——它要下沉了。直立着的锡兵全身浸在水里，只有头伸出水面。船在深深地下沉，纸也慢慢地松开了。水现在已经淹到士兵的头上了……他不禁想起了那个美丽的、娇小的舞蹈家，他永远也不会再见到她了。这时他耳朵里响起了这样的话：

冲啊，冲啊，你这战士，
你的出路只有一死！

现在纸已经破了，锡兵也就沉到了水底。不过正在这时候，一条大鱼忽然把他吞到肚子里去了。

啊，那里面是多么黑暗啊！比在下水道里还要糟，而且空间是那么狭小！不过锡兵是坚定的。当他直直地躺下来的时候，还是紧紧地扛着毛瑟枪。

这条鱼东奔西撞，做出许多最可怕的动作。后来它忽然变得安静起来。接着一道像闪电似的光射进它身体里来。阳光照得很亮，同时有一个人在大声地喊："锡兵！"原来这条鱼被捉住了，送到市场上被卖掉了。又被带进厨房里来，而且女仆用一把大刀子把它剖开了。她用两个手指把锡兵拦腰掐住，拿到客厅里——大家都要看看这位在鱼腹里做了一番旅行的、了不起的人物。不过锡兵一点也没有显出骄傲的神气。

他们把他放在桌子上——在这儿，嗨！世界上不可思议的事情也真多！锡兵发现自己又来到了他从前的那个房间里！他看见从前的那些小孩，还看见桌子上从前的那些玩具；他看到那座美丽的宫殿和那位可爱的、娇小的舞蹈家。她仍然用一条腿站着，她的另一条腿仍然是高高地跷在空中。她也是同样地坚定！这种精神使锡兵受到感动：他简直要流出锡眼泪来，但是他不能这样做。他望着她，她也望着他，但是他们没有说一句话。

正在这时，有一个小孩子把锡兵拿起来，把他一股劲儿扔进火炉里去了，没有说明任何理由：这当然又是鼻烟壶里的那个小妖精在捣鬼。

锡兵站在那儿，全身亮起来，同时他感到一股可怕的热气。不过这热气是从实在的火里发出来的呢，还是从他的爱情中发出来的呢，他完全不知道。他的一切光彩现在都没有了。

这是因为他在旅途中失去了呢，还是悲愁的结果，谁也说不出来。他望着那位娇小的姑娘，而她也望着他。他觉得他的身体在慢慢地熔化，但是他仍然扛着枪，坚定地站着不动。这时门忽然开了，一阵风闯进来，吹起这位小姐。她就像茜尔妃德[1]一样，飞向火炉，飞到锡兵的身边，化为火焰，立刻就不见了。这时锡兵已经化成一个锡块。第二天，当女仆把炉灰倒出去的时候，她发现锡兵已经成了一颗小小的锡心。而那位舞蹈家留下来的只是那颗亮晶晶的装饰品，她现在已经被烧得像一块黑炭了。

1　茜尔妃德：欧洲中世纪传说中的空气仙女

织补针

从前有一根织补衣服的针。作为一根织补针来说，她倒还算细巧，因此她就想象自己是一根绣花针。

“请你们注意你们现在拿着的这东西吧！”她对那几个取她出来的手指说，“你们不要把我丢掉！我一落到地上去，你

们就绝不会找到我的，因为我是那么细呀！”

“细就细好了。”手指说。他们把她拦腰紧紧地捏住。

“你们看，我还带着随从啦！”她说。她后面拖着一根长线，不过线上并没有打结。

手指正用这根针钉着女厨子的一只拖鞋，因为拖鞋的皮面裂开了，需要缝一下。

“这是一件庸俗的工作，”织补针说，“我怎么也不愿钻进去。我要折断了！我要折断了！”——于是她真的折断了。“我不是说过吗，”织补针说，“我是非常细的呀！”

手指想：她现在没有什么用了。不过他们仍然不愿意放弃她，因为女厨子在针头上滴了一点封蜡，同时把她别在一块手帕上。

“现在我成为一根领针了！”织补针说，“我早就知道我会得到光荣的：一个不平凡的人总会得到一个不平凡的地位！”

于是她心里笑了——当一根织补针在笑的时候，人们是没有办法看到她的面部表情的。她坐在那儿，显得很骄傲，好像她是坐在轿车里，左顾右盼似的。

“请准许我问一声：您是金子做的吗？”她问她旁边的一根别针，“您有一张非常好看的面孔，一个自己的头脑——只是小了一点。您得使它再长大一点才成，因为封蜡并不会滴到每根针头上的呀。”

织补针很骄傲地挺起身子，结果弄得自己从手帕上落下来了，一直落到厨子正在冲洗的排水沟里去了。

“现在我要去旅行了，”织补针说，“我只希望我不要迷了路！”

不过她却迷了路。

“就这个世界来说，我是太细了，”她来到了排水沟的时候说，“不过我知道我的身份，而这也算是一点小小的安慰！”所以织补针继续保持着她骄傲的态度，同时也不失掉她得意的心情。许多不同的东西在她身上浮过去了：菜屑啦，草叶啦，旧报纸碎片啦。

“请看它们游得多么快！”织补针说，“它们不知道它们下面还有一件什么东西！我就在这儿，我坚定地坐在这儿！看吧，一根棍子浮过来了，它以为世界上除了棍子以外再也没有什么别的东西。它就是这样一个家伙！一根草浮过来了！你看它扭着腰肢和转动的那副样儿！不要以为自己了不起吧，你很容易撞到一块石头上去呀！一张破报纸游过来了！它上面印着的东西早已被人家忘记了，但是它仍然铺张开来，神气十足。我有耐心地、静静地坐在这儿。我知道我是谁，我永远保持住我的本来面目！”

有一天她旁边躺着一件什么东西。这东西射出美丽的光彩。织补针认为他是一颗金刚钻，不过事实上他是一个瓶子的碎片。因为他发出亮光，所以织补针就跟他讲话，把自己介绍成为一根领针。

“我想你是一颗钻石吧？”她说。

“嗯，对啦，是这类东西。”

于是双方就都相信自己是价值很高的物件。他们开始谈论，说世上的人一般都是觉得自己非常了不起。

“我曾经在一位小姐的匣子里住过，”织补针说，“这位小姐是一个厨子，她每只手上有五个指头。我从来没有看到像这五个指头那样骄傲的东西，不过他们的作用只是拿着我，把我从匣子里取出来和放进去罢了。”

“他们也能射出光彩来吗？”瓶子的碎片问。

“光彩？！”织补针说，“什么也没有，不过自以为了不起罢了。他们是五个兄弟，都属于手指这个家族。他们互相标榜，虽然他们长短不齐：最前面的一个是‘笨摸[1]’，又短又肥。他走在最前列，他的背上只有一个节，因此他只能同时鞠一个躬。不过他说，假如他从一个人身上被砍掉的话，这人就不够资格服兵役了。第二个指头叫作‘罐’，他伸到酸东西和甜东西里面去，他指着太阳和月亮。当大家在写字的时候，他握着笔。第三个指头是‘长人’，他伸在别人的头上看东西。第四个指头是‘金火’，他腰间围着一条金带子。最小的那个是‘比尔——玩朋友’，他什么事也不做，而自己还因此感到骄傲呢。他们什么也不做，只是吹牛，因此我才到排水沟里来了！”

“这算是升级！”瓶子的碎片说。

这时有更多的水冲进排水沟里来了，漫得遍地都是，结果把瓶子的碎片冲走了。

1　笨摸：“笨摸”“罐”“长人”“金火”和“比尔玩朋友”，是丹麦孩子对五个指头所起的绰号。大拇指摸东西不灵活，所以叫作“笨摸”；二指常常代替舌头伸到果酱罐里取东西吃，所以叫“罐”；三指因为最长，所以叫“长人”；四指因为戴戒指，所以看起来像有一道金火；小指叫作“比尔玩朋友”，因为它什么用也没有。

“瞧，他倒是升级了！”织补针说，“但是我还坐在这儿，我是那么细。不过我也正因此感到骄傲，而且也很光荣！”于是她骄傲地坐在那儿，发出了许多感想。

“我差不多要相信我是从日光里出生的了，因为我是那么细呀！我觉得日光老是到水底下来寻找我。啊！我是这么细，连我的母亲都找不到我了。如果我的老针眼没有断了的话，我想我是要哭出来的——但是我不能这样做，哭不是一桩文雅的事情！”

有一天，几个野孩子在排水沟里找东西——他们有时在这里能够找到旧钉、铜板和类似的物件。这是一件很脏的工作，不过他们却非常欣赏这类的事。

“哎哟！”一个孩子说，因为他被织补针刺了一下，“原来是你这个家伙！”

“我不是一个家伙，我是一位年轻小姐啦！”织补针说。可是谁也不理她。她身上的那滴封蜡早已没有了，全身已经变得漆黑。不过黑颜色能使人变得苗条，因此她相信她比以前更细嫩。

“瞧，一个蛋壳漂来了！”孩子们说。他们把织补针插到蛋壳上面。

“四周的墙是白色的，而我是黑色的！这倒配得很好！”织补针说，“现在谁都可以看到我了——我只希望我不要晕船才好，因为这样我就会折断的！”不过她一点也不会晕船，而且也没有折断。

“一个人有钢做的肚皮，是不怕晕船的，同时还不要忘记，我和一个普通人比起来，是更高一招的。我现在一点毛病也没有。一个人越纤细，他能受得住的东西就越多。”

“砰！”这时蛋壳忽然裂开了，因为一辆载重车正在它上面碾过去。

“我的天，它把我碾得真厉害！”织补针说，“我现在有点晕船了——我要折断了！我要折断了！”

虽然那辆载重车从她身上碾过去了，但她并没有折断。她直直地躺在那儿——而且她完全可以一直在那儿躺下去。

在小宝宝的房间里

爸爸、妈妈和兄弟姊妹们都看戏去了，只有小小的安娜和干爸爸在家。

“我们也来看看戏吧！”他说，“而且马上就开始。”

“但是我们没有舞台呀，”小安娜说，“而且还没有人来演

呢！我的老木偶不能演，因为他太讨厌了。我的新木偶又不能把她的漂亮新衣服弄皱了。”

“一个人只要把自己的本领使出来，就可以演戏，”干爸爸说，“现在我们来搭一个舞台吧。我们在这边放上一本书，再放上另一本，再加上第三本，成为斜斜的一排，然后在另一边又放三本——这样，我们就可以有侧面布景了！那边的木匣子可以当作背景，我们可以把它的底朝外放。谁都可以看得出来，这个舞台代表一个房间！我们现在只缺少演员了！看看玩具匣子里还有些什么东西！只要把人物安排好，我们就可以演戏了。一个角色配一个角色：这样就成！这是一个烟斗头，那是一只单手套。他们可以扮演父亲和女儿！”

“不过他们只有两个人呀！”小安娜说，“我哥哥的旧马甲还在这里，他可不可以也参加演出呢？”

“他倒是相当宽大，”干爸爸说，“那么就让他演恋人这个角色吧。他的衣袋里什么东西也没有——这倒是一件蛮有趣的事情，因为恋人的不幸一半是出于衣袋里太空的缘故！这儿还有一个硬果钳的长筒靴，上面还有踢马刺呢！嗒嗒，嘚嘚，砰！他不是跺脚，就是大摇大摆地走路。让他代表一个不受欢迎的求婚者吧，因为小姐并不喜欢他。你觉得我们应该演哪一种戏呢？悲剧呢，还是家庭剧？”

“演一出家庭剧吧！”小安娜说，“大家都喜欢这种戏。你能演一出吗？”

“我能演一百出！”干爸爸说，“最好看的是改编的法国戏，不过小女孩子不适宜看这种戏。当然我们也可以选一出最适宜的戏，因为它们的内容都是差不多的。现在我把袋子摇一摇！撒——撒！崭新的！我们变出一出崭——崭新的戏！请听节目单吧。”

干爸爸拿起一张报纸，好像念着上面的字似的：

烟斗头和“好头”——独幕家庭剧

登场人物

烟斗头先生：父亲

马甲先生：恋人

手套小姐：女儿

靴子先生：求婚者

“现在我们要开始了！幕启：我们没有幕，所以就算它已经‘启’了吧。一切人物都在场，所以我们就算他们‘登场’了吧。现在我作为烟斗头爸爸讲话。他今天的脾气不好。人们一看就知道，他是一个彩色的海泡石。

“‘哎哎哟，嘿，我是一家的主人！我是我女儿的爸爸！你要不要听我讲的话！在冯·靴子先生身上，你可以照出你自己的面孔。他的上部是鞣皮，他的下部有踢马刺。哎哎哟，嘿！他要娶我的女儿做太太！’”

“小安娜，现在请听听马甲讲的话吧，”干爸爸说，“现在马甲讲话了。马甲有一个朝下翻的领子，所以他是非常谦虚的。但是他知道他的价值，同时也有权利讲他所要讲的话：‘我身上没有一点污点！良好的质地应该引起人的重视。我是真丝做的，而且我身上还有带子。’

“‘只有结婚的那天是这样，不能持久。你的颜色一洗就褪了！’这是烟斗头先生在讲话，‘冯·靴子先生有坚韧的皮，水浸不透，但同时又非常柔嫩。他能发出咯咯的声音，他的踢马刺还发出铿锵的音调。他有意大利人的那种相貌。’”

“不过他们应该用诗讲话才对呀！”小安娜说，“因为只有这样才算是美丽的讲法。”

“这样也行！”干爸爸说，“观众要求怎样讲，演员就得怎样讲！请看小小的手套姑娘吧，请看她伸着手指的那副样儿吧：

一个手套没有配偶，
只好天天坐着等候！
唉！
这真叫我忍受不了，
我想我的皮要裂掉——
嘿！

“最后这个‘嘿’是烟斗头爸爸讲出来的。现在轮到马甲先生讲了：

亲爱的手套姑娘呀！
固然你来自西班牙，
你还是应该嫁给我！
这是丹麦人荷尔格的话。

“冯·靴子先生大步地走进来了，把他的踢马刺弄得琅琅地响，一脚把那三个侧面背景踢翻了。”

“这真是好玩极了！”小安娜说。

“不要作声！不要作声！”干爸爸说，“赞赏而不发出声音，说明你是头等席位中有教养的看客。现在手套小姐要用颤音唱一曲伟大的歌了：

我讲不出一个道理，
只好学作鸡啼：
喔喔喔——在高大的客厅里！

“小安娜，最动人的场面现在要开演了！这是整个戏中最重要的一段。你看，马甲先生解开扣子了。他要面对着你做一番道白，好叫你为他鼓掌。但是你不要理他——这是顶文雅的表示。听吧，你听他的绸子发出的声音：‘你逼得我走向极端！请你当心！现在请看我的办法吧！你是一个烟斗头，我是一个“好头”——呸，去你的吧！’”

“小安娜，你看到没有？”干爸爸说，“这是最好玩的一幕喜剧：马甲先生一把抓住这个老烟斗头，把他塞进自己的口袋里去。他待在那里面，于是马甲就说：

‘现在你在我的衣袋里，在我的深衣袋里！你永远也跑不出来，除非你答应我跟你的女儿——左手的手套小姐——结为夫妇。现在我伸出右手来！’”

“这真是可爱极了！”小安娜说。

“于是老烟斗头回答说：

我的头脑很混乱！
不像以前那样新鲜。
我的好心情忽然不见，
我觉得我失去了烟杆。
嘿，我过去从来不是这样——
心里怎么会变得这样慌张？
啊，请把我的头
从你的袋里取出来，
你只可以在这时候
跟我的女儿恋爱！

“戏已经演完了吗？”小安娜问。

“还早得很！”干爸爸说，“只是靴子先生这个角色完了。现在这对情人双双跪下来。他们有一位唱道：

爸爸！

“另一位又唱：

请把您的头脑理一理，
来祝福你的女儿和女婿。

“他们得到他的祝福，他们结了婚。所有的家具都合唱起来：

叮叮！当当！
多谢各位！
戏已经终场！

“现在我们来鼓掌吧！”干爸爸说，“我们来请他们谢幕——也请这些家具来一起谢幕吧，因为他们都是桃花心木做的呀！”

“我们的戏是不是跟别人在真舞台上演得一样好？”

“我们的戏演得好多了！”干爸爸说，“它不长，而且不花钱就可以看到，同时又可以把吃茶以前的那段时间消磨过去。”

雪人

“天气真是冷得可爱极了，我身体里要发出清脆的裂声来！”雪人说，“风可以把你吹得精神饱满。请看那儿一个发亮的东西吧，她在死死地盯着我。”他的意思是指那个正在下落的太阳，“她想要叫我对她挤眼是不可能的——我绝不会在她面前软下来的。”

他的头上有两大块三角形的瓦片作为眼睛。他的嘴巴是一块旧耙做的，因此他也算是有牙齿了。

他是在一群男孩子的欢乐声中出生的，雪橇的铃声和鞭子的呼呼声欢迎他的出现。

太阳下山了。一轮明月升上来，她在蔚蓝色的天空中显得又圆又大，又干净又美丽。

“她又从另一边冒出来了。”雪人说，他以为这又是太阳在露出她的头面，“啊！我算把她的瞪眼病治好了。现在让她高高地挂在上面照着吧，我可以仔细把自己瞧一下，我真希望有什么办法可以叫我自己动起来。我多么希望动一下啊！如果我能动的话，我真想在冰上滑它几下，像我所看到的那些男孩子一样。不过我不知道怎样跑。”

“完了！完了！”那只守院子的老狗说。他的声音有点哑——他以前住在屋子里、躺在火炉旁边时就是这样。“太阳会教你怎样跑的！去年冬天我看到你的祖先就是这样。在那以前，你祖先的祖先也是这样。完了！完了！他们一起都完了。”

“朋友，我不懂你的意思，”雪人说，“那东西能教会我跑吗？”他的意思是指月亮。“是的，刚才当我在仔细瞧她的时候，我看到她在跑。现在她又从另一边偷偷地冒出来了。”

“你什么也不懂，”守院子的狗说，“可是你也不过是刚刚才被人修起来的。你看到的那东西就是月亮呀，而刚才落下的那东西就是太阳啦。她明天又会冒出来的。而且她会教你怎样跑到墙边的那条沟里去。天气不久就要变，这一点我在左后腿里就能感觉得到，因为它有点酸痛。天气要变了。”

“我不懂他的意思，”雪人说，“不过我有一种感觉，他在讲一件不愉快的事情。刚才盯着看我，后来又落下去的那东西——他把她叫作‘太阳’——绝不是我的朋友。这一点我能够感觉得到。”

“完了！完了！”守院子的狗叫着。他兜了三个圈子，然后就钻进他的小屋里躺下来了。

天气真的变了。天亮的时候，一层浓厚的雾盖满了这整个地方。到了早晨，就有一阵风吹来——一阵冰冷的风。寒霜紧紧地盖着一切；但是太阳一升起，那是一幅多么美丽的景象啊！树木和灌木丛盖上一层白霜，看起来像一座完整的白珊瑚林。所有的枝子上似乎开满了亮晶晶的白花。许多细嫩的小枝，在夏天全被叶簇盖得看不见，现在都露出面来了——每一根都现出来了。这像一幅刺绣，白得发亮，每一根小枝似乎在放射出一种雪白晶莹的光芒。赤杨在风中摇动，精神饱满，像夏天的树儿一样。太阳一出来，处处是一片闪光，好像一切都撒上了钻石的粉末似的；而雪铺的地上简直像盖满了大颗的钻石！一个人几乎可以幻想地上点着无数比白雪还要白的小灯。

“这真是出奇地美丽。”一位年轻的姑娘跟一个年轻的男子走进这花园的时候说。他们两人恰恰站在雪人的身旁，望着那些发光的树。“连夏天都不会给我们比这还美丽的风景！”她说，她的眼睛也射出光彩。

“而且在夏天我们也不会有这样一位朋友。”年轻人说，指着那个雪人，“他真是漂亮！”

这姑娘咯咯地大笑起来，向雪人点了点头，然后就和她的朋友蹦蹦跳跳地在雪上舞过去了——雪在她的步子下发出疏疏的碎裂声，好像他们是在面粉上走路似的。

“这两个人是谁？”雪人问守院子的狗，“你在这院子里比我住得久。你认识他们吗？”

“我当然认识他们，”守院子的狗说，“她抚摸过我，他扔过一根骨头给我吃。我从来不咬这两个人。”

“不过他们是什么人啊？”雪人问。

“一对恋人——恋人！”守院子的狗说，“他们将要搬进一间共同的狗屋里去住，啃着一根共同的骨头。完了！完了！”

“他们像你和我那样重要吗？”雪人问。

“他们属于同一个主人，”守院子的狗说，“昨天才生下来的人，所知道的事情当然是很少很少的。我在你身上一眼就看得出来。我上了年纪，而且知识广博。我知道院子里的一切事情。有一个时期我并不是用链子锁着，而是在这儿的寒冷中站着的。完了！完了！”

“寒冷是可爱的，”雪人说，“你说吧，你说吧。不过请你不要把链子弄得响起来——当你这样弄的时候，我就觉得要裂开似的。”

“完了！完了！”守院子的狗叫着，“我曾经是一个好看的小伙子。人们说，我又小又好看，那时我常常躺在屋子里天鹅绒的凳子上，有时还坐在女主人的膝上。他们常常吻我的鼻子，用绣花的手帕擦我的脚掌。我被叫作最美丽的哈巴哈巴小宝贝。不过后来他们觉得我长得太大了。他们把我交到管家的手上。此后我就住在地下室里。你现在可以望见那块地方，你可以望见那个房间。我曾是它的主人，因为我跟那个管家的关系就是这样。比起楼上来，那的确是一个很小的地方，不过我在那儿住得很舒服，不再是像在楼上一样，常常被小孩子捉住或揪着。我同样得到好的食物，像以前一样，而且分量多。我有我自己的垫子，而且那儿还有一个炉子——这是在这个季节中世界上最好的东西。我爬到那个炉子底下，可以在那儿睡一觉。啊！我还在梦想着那个炉子哩。完了！完了！”

“那个炉子是很美丽的吗？”雪人问，“它像我一样吗？”

“它跟你恰恰相反。它黑得像炭一样，有一个长颈和一个黄铜做的大肚子。它吞下木柴，所以它的嘴里喷出火来。你必须站在它旁边，或者躺在它底下——那儿是很舒服的，你可以从你站着的这地方穿过窗子望见它。”

雪人瞧了瞧，看见一个有黄铜肚子的、擦得发亮的黑东西。火在它的下半身熊熊地烧着。雪人觉得有些奇怪，他感觉到身上发出一种情感，他说不出一个理由来。他身上发生了一种变化，不过他一点也不了解。但是所有别的人，只要不是雪做的，都会了解的。

“那么为什么你离开了她呢？”雪人问，因为他觉得这火炉一定是一个女性，“你为什么要离开这样一个舒服的地方呢？”

“我是被迫离开的呀，”守院子的狗说，“他们把我赶出门外，用一根链子把我套在这儿。我把那个小主人的腿咬了一口，因为他把我正在啃着的骨头踢开了。骨头换骨头。我想。他们不喜欢这种做法。从那时起，我就被套在一根链子上，同时我也失去了我响亮的声音。你没有听到我的声音是多么哑吗？完了！完了！事情就这样完了。”

不过雪人不再听下去了，而是在朝着管家住的那个地下室张望，他在望着那房间里站在四只腿上的、跟雪人差不多一样大的火炉。

“我身上有一种痒痒的奇怪的感觉！”他说，“我能不能到那儿去一趟呢？这是一种天真的愿望，而我们天真的愿望一定会得到满足的。这也是我最高的愿望，我唯一的愿望。如果这个愿望得不到满足的话，那也真是太不公平了。我一定要到那儿去，在她身边偎一会儿，就是打破窗子进去也管不了。”

“你永远也不能到那儿去，”守院子的狗说，“如果你走近火炉的话，那么你就完了！完了！”

“我也几乎等于是完了，”雪人说，“我想我全身要碎裂了。”

这一整天雪人站着朝窗子里面望。在黄昏的时候，这个房间变得更逗人喜爱。一种温和的火焰，既不像太阳，也不像月亮，从炉子里射出来。不，这是一个炉子加上了柴火以后所能发出的那种亮光。每次房门一开，火焰就从它的嘴里燎出来——这是炉子的一种习惯。火焰明朗地照在雪人洁白的面上，射出红光，一直把他的上半身都照红了。

“我真是吃不消了，”他说，“当她伸出她的舌头的时候，她是多么美啊！”

夜是很长的。但是对雪人来说，可一点也不长。他站在那儿，沉浸在他美丽的想象中。他在寒冷中起了一种痒酥酥的感觉。

在早晨，地下室的窗玻璃上盖满一层冰。冰形成了雪人所喜爱的最美丽的冰花，不过它们却把那个火炉遮掩住了。它们在窗玻璃上融不掉，他也就不能再看到她了。他的身体里里外外都有一种痒酥酥的感觉。这正是一个雪人最欣赏的寒冷天气。但是他却不能享受这种天气。的确，他可以，而且应该感到幸福的，但当他正在害火炉相思病的时候，他怎样能幸福起来呢？

“这种病对于一个雪人来说，是很可怕的，”守院子的狗说，“我自己也吃过这种苦头，不过我已经渡过了难关。完了！完了！现在天气快要变了。”

天气的确变了。雪开始融化。

雪融化得越多，雪人也就变得越衰弱起来。他什么也不说，什么牢骚也不发——这正说明相思病的严重性。

有一天早晨，他忽然倒下来了。看哪，在他站过的那块地方，有一根扫帚把直直地插在地上。这就是孩子们做雪人时用作支柱的那根棍子。

“现在我可懂得了他的相思病为什么害得那样苦，”守院子的狗说，“原来雪人的身体里面有一个火钩，它在他的心里搅动。现在他也算是渡过难关了。完了！完了！”

不久冬天就过去了。

“完了！完了！”守院子的狗叫着。不过，那屋子里的小女孩们唱起歌来：

快出芽哟，绿色的车叶草，新鲜而又美丽；
啊，杨柳啊，请你垂下羊毛一样软的新衣。
来吧，来唱歌啊，百灵鸟和杜鹃，
二月过去，紧接着的就是春天。
我也来唱：嘀哩！嘀哩！叮当！
来吧，快些出来吧，亲爱的太阳。

于是谁也不再想起那个雪人了。

幸福的家庭

这个国家里最大的绿叶子，无疑要算是牛蒡的叶子了。你拿一片放在你的肚皮上，那么它就像一条围裙。如果你把它放在头上，那么在雨天里它就可以当作一把伞用，因为它出奇地宽大。牛蒡从来不单独地生长。不，凡是长着一棵牛蒡的地方，你一定可以找到好几棵。这是它最可爱的一点，而这一点

对蜗牛来说只不过是食料。

在古时候，许多大人物把这些白色的大蜗牛做成“碎肉”；当他们吃着的时候，就说：“哼，味道真好！”因为他们认为蜗牛的味道很美。这些蜗牛都靠牛蒡叶子活着，因此人们才种植牛蒡。

现在有一个古老的公馆，住在里面的人已经不再吃蜗牛了。所以蜗牛都死光了，不过牛蒡还活着，这植物在小径上和花畦上长得非常茂盛，人们怎么也没有办法制止它们。这地方简直成了一个牛蒡森林。要不是这儿、那儿有几株苹果树和梅子树，谁也不会想到这是一个花园。处处都是牛蒡，在它们中间住着最后的两个蜗牛遗老。

他们不知道自己究竟有多大年纪。不过他们记得很清楚，他们的数目曾经是很多很多的，而且都属于一个从外国迁来的家族，整个森林就是为他们和他们的家族而发展起来的。他们从来没有离开过家，却听说过：这个世界上还有一个什么叫作“公馆”的东西。他们在那里面被烹调着，然后变成黑色，最后被盛在一个银盘子里。不过结果怎样，他们一点也不知道。此外，他们也想象不出来，烹调完了以后盛在银盘子里，究竟是一种什么味道。那一定很美，特别排场！他们请教过小金虫、癞蛤蟆和蚯蚓，但是一点道理也问不出来，因为他们谁也没有被烹调过或盛在银盘子里面过。

那对古老的白蜗牛要算世界上最有身份的人物了。他们知道森林就是为了他们而存在的，公馆也是为了使他们能被烹调和放在银盘子里而存在的。

他们过着安静和幸福的生活。他们自己没有孩子，所以就收养了一个普通的小蜗牛。他们把他作为自己的孩子抚育。不过这小东西长不大，因为他不过是一个普通的蜗牛而已。但是这对老蜗牛——尤其是妈妈——觉得她能看出他在长大。假如爸爸看不出的话，她就要求他摸摸他的外壳。因此他就摸了一下，发现妈妈说的话有道理。

有一天雨下得很大。

“请听牛蒡叶子上的响声——咚咚咚！咚咚咚！”蜗牛爸爸说。

“这就是我所说的雨点，”蜗牛妈妈说，“它沿着梗子滴下来了！你可以看到，这儿马上就会变得潮湿了！我很高兴，我们有我们自己的房子，小家伙也有他自己的。我们的优点比其他任何生物都多。大家一眼就可以看出，我们是世界上最高贵的人！我们一生下来就有房子住，而且这一片牛蒡林完全是为我们而种植的——我倒很想知道它究竟有多大，在它的外边还有些什么别的东西！”

“它的外边什么别的东西也没有！”蜗牛爸爸说，“世界上再也没有比我们这儿更好的地方了。我什么别的想头也没有。”

“对，”妈妈说，“我倒很想到公馆里去被烹调一下，然后放到银盘子里去。我们的祖先们都是这样。你要知道，这是一种光荣呢！”

“公馆也许已经塌了，”蜗牛爸爸说，“或者牛蒡已经在它上面长成了树林，弄得人们连走都走不出来。你不要急——你老是那么急，连那个小家伙也开始学起你来。你看他这三天来不老是往梗子上爬吗？当我抬头看看他的时候，我的头都昏了。”

“请你无论如何不要骂他，”蜗牛妈妈说，“他爬得很有把握。他使我们得到许多快乐。我们这对老夫妇没有什么别的东西值得活下去了。不过，你想到过没有，我们在什么地方可以为他找个太太呢？在这林子的远处，可能住着我们的族人，你想到过没有？”

“我相信那儿住着些黑蜗牛，”老头儿说，“没有房子的黑蜗牛！不过他们都是一帮卑下的东西，而且还喜欢摆架子。我们可以托蚂蚁办办这件事情，他们跑来跑去，好像很忙似的。他们一定能为我们的小少爷找个太太。”

“我认识一位最美丽的姑娘！”蚂蚁说，“不过恐怕她不成，因为她是一个王后！”

“这没有什么关系，”两位老蜗牛说，“她有一座房子吗？”

“她有一座宫殿！”蚂蚁说，“一座最美丽的蚂蚁宫殿，里面有七百条走廊。”

“谢谢你！”蜗牛妈妈说，“我们的孩子可不会钻蚂蚁窟的。假如你找不到更好的对象的话，我们可以托白蚊蚋来办这件差事。他们天晴下雨都在外面飞。牛蒡林的里里外外，他们都知道。”

“我们为他找到了一个太太，”蚊蚋说，“离这儿一百步远的地方，有一个有房子的小蜗牛住在醋栗丛上。她是很寂寞的，她已经够结婚年龄。她住的地方离此地只不过一百步远！”

“是的，让她来找他吧，”这对老夫妇说，“他拥有整个的牛蒡林，而她只不过有一个小醋栗丛！”

这样，他们就去请那位小蜗牛姑娘来。她足足过了八天才到来，但这是一种很珍贵的现象，因为这说明她是一个很正经的女子。

于是他们就举行了婚礼。六只萤火虫尽量发出光来照着。除此以外，一切是非常安静的，因为这对老蜗牛夫妇不喜欢大喝大闹。蜗牛妈妈发表了一篇动人的演说。蜗牛爸爸一句话也讲不出来，因为他受到了极大的感动。于是他们把整座牛蒡林作为遗产，送给这对年轻夫妇，并且说了一大堆他们常常说的话，那就是——这地方是世界上最好的一块地方，如果他们要正直地、善良地生活和繁殖下去的话，他们和他们的孩子们将来就应该到那个公馆里去，以便被煮得漆黑、放到银盘子上面。

当这番演说讲完了以后，这对老夫妇就钻进他们的屋子里去，再也不出来。他们睡着了。

年轻的蜗牛夫妇现在占有了这整座的森林，同时生了一大堆孩子。不过他们从来没有被烹调过，也没有到银盘子里去过。因此他们就下了一个结论，认为那个公馆已经塌了，全世界的人类都已经死去了。谁也没有反对他们这种看法，因为他们的看法一定是对的。雨打在牛蒡叶上，为他们发出“咚咚”的音乐来。太阳为他们发出亮光，给牛蒡林增添了不少光彩。就这样，他们过得非常幸福——这整个家庭是幸福的，说不出地幸福！

图书在版编目（CIP）数据

安徒生童话一本读 /（丹）安徒生著；叶君健译
.— 南京：江苏凤凰文艺出版社，2024.6
ISBN 978-7-5594-8289-1

Ⅰ.①安… Ⅱ.①安… ②叶… Ⅲ.①童话－作品集
－丹麦－近代 Ⅳ.① I534.88

中国国家版本馆 CIP 数据核字 (2024) 第 008316 号

安徒生童话一本读

【丹】安徒生 著　叶君健 译

责任编辑　周颖若
特约编辑　郭静雯
装帧设计　廖若凇　杨　龙
出版发行　江苏凤凰文艺出版社
　　　　　南京市中央路 165 号，邮编：210009
网　　址　http://www.jswenyi.com
印　　刷　北京世纪恒宇印刷有限公司
开　　本　710 毫米 ×1000 毫米　1/16
印　　张　18.25
字　　数　193 千字
版　　次　2024 年 6 月第 1 版
印　　次　2024 年 6 月第 1 次印刷
书　　号　ISBN 978-7-5594-8289-1
定　　价　59.00 元